LA VISITE

DE LA MÊME AUTEURE

CEUX DES MARAIS, Inculte, 2021.

Théâtre

LA CENTRALE, suivi de *LA GESTE DES ENDORMIS*, Quartett, 2009.

HINTERLAND, Quartett, 2009.

AU BORD D'UN TROU AVEC UN FIL DE LAINE, Lansman, 2010.

PLAGE, Quartett, 2011.

LE CRACHOIR, suivi de *MACHINE*, Quartett, 2012.

LA CHUTE DU PIANO, coécrit avec Simon Dumas, Rhizome, 2014.

ÉTÉ 2014, dans le recueil *MICRO CLIMATS 2.0. ZONE DE TURBULENCES*, Moires, 2014.

NORD, Quartett, 2014.

© inculte, 2025
ISBN 978-2-330-20121-0

VIRGINIE BARRETEAU

LA VISITE

récit

éditions inculte

J'ai toujours eu peur pour Francis, toujours je craignais que quelque chose d'irrémédiable ne se produise, cela me semblait non seulement possible mais imminent, et ce jour-là encore, tandis que nous l'attendions, je redoutais que son retard ne sonne la fin de cette histoire. S'il s'était passé quoi que ce soit, comment serais-je au courant, n'étant ni une proche, ni de la famille, ni une amie, juste un contact dans son portable ? Pourtant, plus tard, sans être plus intime, il me préviendrait de la mort de sa mère, je serais surprise de recevoir, en me réveillant un jour, ce laconique et triste mail qui me rappellerait *L'Étranger* de Camus : "Maman est morte ce matin. Nous faisons le nécessaire." Mais ce n'était pas à ce genre d'événements que je pensais tandis que je vérifiais mon téléphone pour la énième fois de façon un peu exagérée afin de manifester mon désarroi auprès de Mme Boll, l'attachée culturelle de la Maison de Nanterre, avec qui nous avions pris rendez-vous pour une visite. Si étrange que cela puisse paraître, une personne était en effet en charge de la culture dans cet établissement de soins, et c'était à elle qu'il fallait s'adresser pour voir le lieu. Peut-être aurions-nous pu venir sans prévenir, ce que je ferais par la suite, seule, mais pour commencer, je préférais organiser les choses de manière officielle. J'étais arrivée en avance à la fois pour m'assurer d'être à l'heure mais aussi pour avoir le temps d'approcher le site à mon rythme. J'avais été impressionnée et excitée de voir, sortant de derrière les barres d'immeubles, cet immense et anachronique îlot de briques rouges et de cheminées noires. La Maison de Nanterre... J'y étais enfin.

Postée devant la haute grille, face à ce territoire inconnu, d'un autre âge, comme sorti de l'enfance, tel un lieu enfoui où je n'avais jamais osé pénétrer et que Francis faisait émerger, le moment était sans doute venu, j'étais peut-être à l'orée d'une découverte, pensais-je. La plaque de métal au-dessus indiquait "Hôpital", sept grandes lettres qui m'inspiraient calme, propreté, attention, soin, on pouvait ici se reposer sans crainte, se mettre un peu à l'écart, hors du temps, je ne savais pas de quand datait cette inscription, ce statut qui avait remplacé et recouvert tous les autres, quand on connaissait le passé de l'endroit... Mais à 14 heures, Francis n'était pas là. Il venait de laisser sur ma messagerie une longue explication alambiquée par laquelle je comprenais qu'il y avait un problème avec le RER, je lui avais envoyé un SMS pour savoir à quel arrêt il se trouvait bloqué, "dans un tunnel, je vous tiens au courant", m'avait-il répondu. Ne voulant pas paraître impolie aux yeux de l'attachée culturelle, j'étais allée annoncer mon nom à l'accueil et le motif de ma venue. La femme derrière le guichet m'avait tendu un grand registre pour que je le signe et indiqué une porte un peu plus loin. Mme Boll m'avait reçue et présenté sa stagiaire, une jeune fille qui allait nous accompagner. Puis elles s'étaient préparées toutes les deux avec un certain enthousiasme, terminant de ranger les dossiers ouverts sur le bureau, mettant l'ordinateur en veille et enfilant chacune une petite veste, le portable dans la poche, elles étaient prêtes pour l'excursion, elles allaient pouvoir s'octroyer une marche digestive, une récréation. Le temps n'était pas mauvais par ailleurs pour un mois d'octobre, avait fait remarquer la stagiaire. Seulement il fallait attendre Francis. J'examinais régulièrement mon téléphone. N'étant pas très douée dans l'art de la conversation, je meublais en expliquant brièvement ma démarche : pendant une vingtaine d'années, ce monsieur était venu dormir à la Maison de Nanterre, au dépôt de mendicité, je voulais tout simplement raconter son histoire dans un livre. J'espérais qu'elles rebondiraient mais Mme Boll s'était seulement excusée de ne pas pouvoir m'offrir un café, la machine étant en panne. Nous avions patienté longtemps, je n'arrivais plus à justifier son retard.

L'heure tournait, leur enthousiasme s'atténuait, le mien aussi. Francis ne répondait même plus à mes messages, son portable venait de lâcher, je ne savais pas où il en était et si nous devions commencer la visite sans lui. Sans lui, pour moi ça perdait de son intérêt. J'étais en train de prendre conscience que je ne le connaissais pas, finalement, que l'éventualité qu'il ne vienne jamais, qu'il se dérobe au rendez-vous, qu'il rebrousse chemin pour une raison ou pour une autre était tout à fait probable, et que cette situation – découvrir un hôpital avec un homme que j'avais vu deux fois dans ma vie parce que la relation particulière qu'il a entretenue avec cet endroit me taraude – était pour le moins curieuse. Seulement je tenais à voir, je voulais qu'il raconte, qu'il me montre son lieu, que j'en comprenne l'organisation, qu'il me fasse entrer dans sa prison, parce que c'était ça le vrai projet que je ne pouvais pas présenter en ces termes à Mme Boll, j'avais mis en place cette visite comme une initiation.

Cet homme me hantait depuis un an maintenant, m'apparaissant parfois comme un lointain jumeau, réveillant en moi un sentiment étrange de reconnaissance, je voulais saisir ce qui m'échappait, le décrypter, et pour ça j'avais besoin de plonger dans son histoire et dans celle de cet endroit auquel il semblait lié plus intimement qu'il ne voulait bien le dire, aussi je me jetais sur tout ce que je pouvais trouver dessus, non comme on entreprend une enquête mais comme on cherche un trésor, je me battais avec les plans, avec cette structure que je n'arrivais pas à me représenter sur le papier, que je découvrirais incompréhensible physiquement, il me faudrait apprendre, user mes yeux, les aiguiser, parfois marcher en aveugle, les bras devant, suivre, me perdre, écouter, faire des liens, tenter de tout comprendre ou presque.

Mais pour l'heure, Francis n'arrivait pas et l'inquiétude commençait à activer sous mon crâne mille scénarios. Au bout d'un certain temps, nous étions sorties du bureau pour guetter l'entrée dans la grande cour pavée où piaillaient les étourneaux rassemblés apparemment depuis plusieurs jours dans les marronniers. Nous nous écartions des arbres pour éviter les déjections. Parfois, tous s'envolaient comme un ballon enfle en montant dans l'azur, Mme Boll levait alors les bras au-dessus de sa tête pour se protéger, et dans un clignotement d'ailes ils dessinaient à toute allure des murmurations pareilles à des signes, puis, sitôt expirant, revenaient se blottir dans l'arbre-mère, sans doute n'était-il pas encore temps.

"Le voilà !" soudain je lance à Mme Boll quand il passe, sous la galerie, le portique de sécurité. Francis vient de franchir le porche et tout est à nouveau possible. Il s'immobilise un instant, raide et concentré, comme pour mieux se préparer à entrer. Je lui fais un petit signe de la main, l'observe. Visage de belette, de petite bête de fonctionnaire, les cheveux courts que j'avais crus longs retombant fins et gras à l'arrière de son visage ovale voire pointu comme si une barbiche en terminait le dessin, je l'imagine encore sans raison avec un chapeau sur la tête. Des cols roulés, des écharpes ou des foulards noués autour du cou le protègent en toutes saisons. N'importe quelle cuisinière le chicanerait qu'il faut qu'il se remplume, qu'on lui voit les côtes, pourtant sa cage thoracique, petite, dynamique, ne semble pas carencée. Son être dégage une malice enfantine, il faut l'imaginer faire des bonds, s'exciter, puis sitôt être atteint d'un ennui catastrophique, d'une fatigue incommensurable. Il m'est impossible de dresser un portrait précis de Francis, son image en moi se modifie sans cesse, se trouble, même légèrement, c'est suffisant pour m'empêcher de le fixer, de l'épingler pour l'examiner. Je le vois tantôt en veste à chevrons sur un pull de laine bordeaux, tantôt en costume noir et couvre-chef, tantôt en jean neige, foulard et pull en V, mais s'il n'était question que des vêtements...

Il avait dû venir à pied, je pouvais l'imaginer partir à travers champs, même s'il s'agissait de la ville, prétextant un problème sur la ligne A du RER, il avait tracé tout droit, à vol d'oiseau, sautant les murets, il n'avait pourtant rien du vagabond portant ballot errant par la campagne, il faisait plutôt figure d'un Pee-wee Herman, joyeux, comique, libre, en train de trotter d'un pied sur l'autre, franchissant des barrières.

Il fonce à présent vers nous avec un entrain désuet, avale la volée de marches. Je m'apprête à faire les présentations mais, sans ambages, le voilà qui entre immédiatement dans le vif du sujet en nous exposant sa vision de la Maison. Estimant qu'il va un peu vite en besogne, je l'arrête pour lui demander des explications à propos d'éventuelles perturbations de transports, gênée à l'égard de Mme Boll qui attend sur le perron, en tailleur et talons noirs, dans le vent, depuis presque une heure, à côté de sa stagiaire, mais les yeux déjà pris dans le décor et les pieds nerveux, Francis ne leur adresse, dans son empressement à retrouver les lieux, ni un salut, ni même un regard, encore moins une excuse. Mme Boll semble un peu tendue.

"Je venais ici dans les années 70, 80, au dépôt...", il lance.

Je vois la tête de l'attachée culturelle qui se plisse en un sourire auquel résiste le cuir de son visage, pommettes remontées et yeux grands ouverts, un sourire gênant, condescendant, qui lui déforme le masque, elle inspire profondément en se préparant à lui répondre, il poursuit :

"À l'époque, on pouvait encore y trouver un cadre, se laver, manger, dormir. L'institution doit pouvoir offrir un lieu d'accueil pour ceux qui en ont besoin. Aujourd'hui, vous envisagez les choses sous un seul angle ! Il faut comprendre que certains ne sont pas dans le bain et doivent pouvoir s'en remettre à un endroit qui impose un système organisationnel fort."

Je ne peux réprimer moi-même une sorte de grimace, confuse, nos deux hôtesses restent interloquées, je réfléchis à sauver la situation, mais Mme Boll se reprend et enchaîne, sur la défensive :

"Nous répondons ici à une demande d'urgence sanitaire pour les personnes les plus vulnérables, nous leur offrons des soins, un lit pour la nuit, un repas chaud. Nous portons et soutenons ce concept de lieu de passage, de refuge provisoire, ici chacun peut et doit retrouver sa dignité, sa citoyenneté, médecins, psychologues et assistants sociaux sont là pour accompagner, pour parer au décrochage, pour l'empêcher, le comprendre, nous croyons à la réinsertion sociale parce que nous considérons tous nos patients comme des citoyens à part entière. À terme, chacun doit être capable de trouver un emploi et un logement."

Un peu surprise par son propre emballement, elle se met à rougir. Sa stagiaire a récupéré un calepin et prend des notes. Je sors discrètement de ma poche mon téléphone pour enregistrer l'échange.

"Mais tout le monde ne peut pas ! la coupe Francis, pour certains c'est un effort si grand qu'il en devient handicapant. Il faut comprendre que certaines personnes sont incapables de vivre dans un appartement et d'aller au travail. Sous couvert de votre discours engagé, soi-disant humaniste, on est prisonnier de votre morale et de votre bienveillance. Ce que vous croyez être bon pour vous ne l'est pas pour moi. C'est pour ça qu'il faut que je fasse entendre ma demande, voyez-vous, la Maison de Nanterre à l'époque, on ne peut pas dire que c'était idéal mais ça pouvait au moins donner quelques réponses. Alors, c'est pareil, quand un certain Goffman en parle comme d'une institution totalitaire, lance Francis à Mme Boll qui sitôt se renfrogne, ou quand les communistes ont commencé à protester contre l'exploitation des hébergés, car c'est tout cet aspect qui paraissait scandaleux, ceux qui ont dénoncé la Maison de Nanterre, les communistes à l'époque, ils se plaçaient du point de vue des travailleurs, parce que les clochards ou... tout ce qu'on trouvait dans la rue, on le ramenait là pour le redresser par le travail en quelque sorte, alors ils parlaient d'exploitation. On était payés, enfin un pécule mais... Parce qu'on avait une ration de nourriture et puis un lit, alors on n'avait pas besoin de... Enfin ça restait faible quand même, c'était pas une bonne réponse de toute façon, ils avaient raison, l'institution proposait une réponse unique alors que... Bien sûr ils cherchaient le progrès, en quelque sorte l'amnistie, mais il y a un réel problème de vision, d'ingérence, de récupération aussi, parce que pour certains hébergés, gagner de l'argent ça ne représentait rien, ce n'était pas leur problème, mais les communistes s'en sont saisis pour faire entendre leurs revendications et Goffman pour faire passer ses thèses, alors je ne sais pas ce qui est le plus totalitaire dans cette démarche."

Il s'arrête net, nous laissant toutes les trois suspendues à ce silence, en apnée. Il semble ailleurs, il regarde ses pieds. Je regrette soudain d'avoir prévenu un peu trop légèrement nos deux hôtesses que Francis souffre de ce qu'on appelle aujourd'hui un handicap invisible. Pour la première fois, le voyant non pas en face à face comme nous avions jusqu'ici procédé mais en présence d'autres personnes, sa curieuse façon d'entrer en communication me saute aux yeux et me déstabilise autant que Mme Boll.

Celle-ci lève alors les yeux au ciel, sa stagiaire se gratte la cuisse en se demandant à quel énergumène elles ont affaire.

"Allons, commençons la visite, si vous voulez bien, par l'aile droite, tranche Mme Boll.

— Merci, dis-je sans raison.

— L'aile droite, autrefois, c'était le quartier des hommes", reprend-il aussitôt, volant maintenant à l'attachée culturelle son rôle de guide, puis, ne s'encombrant pas d'attendre qu'elle nous ouvre la voie, il s'élance vers une arcade, nous laissant toutes les trois trotter derrière.

Il est comme chez lui. Il se retourne soudain et, s'adressant à moi uniquement, il explique que depuis sa construction, de la prison à l'hôpital en passant par le dépôt de mendicité, le site n'a cessé d'évoluer suivant les besoins et les directives des politiques, des nouveaux bâtiments ont été construits, d'autres ont été modifiés, vidés, abandonnés, il veut les revoir ou les découvrir, vérifier, il a hâte de tout retrouver.

C'est Carole qui m'a parlé de Francis. Carole est une grande femme, malentendante et aveugle, qui depuis quelques années défend les droits des personnes en situation de handicap, elle est militante et réussit, en allumant ici et là des petits feux, à faire entendre sa voix. Elle a même fait modifier la définition du mot handicap dans le dictionnaire *Le Robert* afin que celui-ci ne soit plus accolé aux qualificatifs "désavantage" et "infériorité".

J'ai rencontré Carole au lycée, elle était pensionnaire comme moi. Quand je songe à cet internat, il m'apparaît aussi sommaire que les cellules de la Maison de Nanterre dans la description que j'ai pu en lire : chaque box était muni d'un lit en métal, d'un bureau et d'une chaise, d'une armoire et d'une lampe. Ici, les cadenas ne fermaient pas les portes puisqu'il n'y en avait pas, mais seulement nos armoires durant la journée. Cette simplicité me convenait. Carole était ma voisine de box. Un jour, elle avait rapporté, je me souviens, une résistance, une tige de métal qu'on branchait pour qu'elle chauffe. Elle plongeait la tige dans l'eau et se faisait du café, des soupes, des hachis Parmentier lyophilisés, "des tout petits plats tout chauds" qui lui permettaient de déserter le réfectoire. Elle avait dégotté là une brèche de liberté qui rendait jalouses les autres filles. J'aimais pour ma part me rendre à la cantine à des horaires fixes été comme hiver, au lever du jour et au coucher, puis m'asseoir au bureau pour étudier avant de me mettre au lit quand les plafonniers s'éteignaient. Je suivais le rythme imposé. Ce furent des années de sommeils lourds et sans peur. J'entendais en m'endormant les filles raconter leurs aventures amoureuses. Je n'avais pour ma part aucune relation, je n'y pensais même pas, ne me sentais pas concernée. Les commentaires et les regards des autres vinrent peu à peu m'interroger, me réveiller, alors je mentis. Carole n'était pas dupe. Elle était le contraire de moi, affranchie, drôle, nous ne nous sommes jamais éloignées.

Un soir donc, nous buvions des verres avec des amis, et Carole avait raconté cette étrange visite qu'elle avait eue l'après-midi, d'un type qui lui demandait de l'aider à pouvoir dormir en prison. Elle expliquait que l'homme passait toutes ses nuits devant le commissariat de Saint-Denis, sorte d'acte militant lui aussi, pour faire entendre sa voix : Francis voulait être accueilli en cellule. Il avait un métier, un logement, n'avait jamais été incarcéré mais ses séjours à la Maison de Nanterre restaient pour lui les plus belles années de sa vie. Carole avait été amoureuse d'un garçon qui vivait dans la rue, elle se souvenait de la Maison et de la terreur qu'elle inspirait. Personne ne voulait s'y retrouver. Francis, lui, se postait dans la rue vêtu de guenilles pour se faire ramasser. Carole nous faisait part de son désarroi devant cette demande impossible à satisfaire. Questions, commentaires et solutions pleuvaient, chacun cherchait des réponses. Pourquoi ne trouvait-il pas un couvent, une retraite, un hôpital psychiatrique ? Pourquoi ne commettait-il pas un délit tout simplement ? Elle haussait les épaules, nous laissant tous dans une grande incompréhension, non décidément, il n'y avait pas d'autres possibilités pour lui, elle ne voyait pas, mais ses yeux semblaient me fixer.

Cette histoire ne me sortait plus de la tête, je me sentais harponnée, il fallait que je rencontre Francis. Je décidai de prendre contact avec lui et de le rencontrer. Je prétextai un projet d'écriture.

Il m'a donné rendez-vous sur son lieu de travail. Employé à la RATP, il organise l'occupation des bureaux selon les registres des entrées et sorties du personnel. Je me suis donc rendue le mercredi 21 novembre 2018 au Département des systèmes d'information et de télécommunication de la RATP, à Noisy-le-Grand, RER A, au sein d'une tour de verre, sur les toits d'un centre commercial d'où s'érigent d'autres tours de verre et de béton, esplanade à laquelle on accède en remontant du métro par des escalators qui traversent plusieurs niveaux de magasins chauds, lumineux, bruyants, rassurants comme une famille, passant par des parkings obscurs où l'on discerne des caddies, des landaus renversés, des ombres, des carcasses de voitures abandonnées, pellicule de fin de monde, image de la modernité qui défile au rythme de la remontée et des musiques entrecoupées de publicités que des haut-parleurs diffusent à chaque étage jusqu'à la lumière grise d'hiver enfin, plus vigoureuse et moins artificielle que celles du dessous ; s'élèvent alors des tours, des bureaux, des administrations, par blocs successifs, formant des parcelles numérotées entre des chemins dallés et des carrés de pelouse sale et fatiguée. On a du mal à imaginer, en bas de cette plateforme, au pied du môle, la ville, avec ses rues, ses appartements, ses habitants, ceux qu'on croise pourtant dans les étages, qui traînent en bande ou en famille dans les magasins, on a du mal à imaginer qu'une vie soit possible ici en dehors de ces lieux de passage qui sont comme des mondes clos sur eux-mêmes. Je vérifiais l'heure. J'attendais devant la tour en question qui reflétait le sérieux et l'uniformité de l'administration. Pour me rassurer, je relisais mes questions. À peine préparée, encore moins rompue à ce genre d'exercice, je ne suis pas journaliste, je n'avais pourtant pas le moindre affolement, je me sentais comme protégée, l'écriture me donnait un bon alibi. Quand l'heure du rendez-vous est arrivée, j'ai pénétré dans l'enceinte sécurisée du bâtiment. À l'accueil, j'ai échangé ma carte d'identité contre le badge qu'on m'a tendu : j'étais la visiteuse 33. Il était 14 h 30. Il fallait passer un portique. Francis était là qui m'attendait derrière la barrière de tourniquets. Pas grand, pas gros, il portait une chemise, des lunettes, ses yeux noirs semblaient légèrement éteints, quelque chose en lui de très contenu. Il m'a proposé de nous asseoir dans le hall où se trouvait une cafétéria, qui au fur et à mesure se vidait, était débarrassée, rangée, et pour finir avait fermé, nous avions terminé dans la pénombre, il me semblait le voir disparaître dans le renfoncement gris du bâtiment. Les employés prenaient pour l'instant leur pause déjeuner. Nous nous sommes casés dans un angle, cherchant le calme et la tranquillité propices à cette rencontre et pour pouvoir enregistrer cet échange sans trop de parasites. J'avais téléchargé pour ce faire une application sur mon portable, et lui, comme il en a l'habitude puisqu'il enregistre ainsi chaque rendez-vous lorsqu'il en est le sujet, il a posé sur la table son dictaphone. Je lui ai expliqué que je faisais du théâtre, que j'écrivais et que son histoire m'intéressait. "Il y avait un théâtre à la Maison de Nanterre, a-t-il immédiatement réagi, en forme d'étoile ! On y faisait des bals. Un magicien y donnait régulièrement des spectacles le dimanche après-midi."

Et comme d'un rêve, Francis s'est rappelé, sans réussir à trancher, au fond de lui, si ce souvenir était réel ou non : "Ce magicien portait un nom comme Corligny ou Batatchi, mais ça pouvait tout aussi bien être Vanoni." Les contours restaient étrangement flous, la mémoire les avait sans doute recomposés en comblant les vides pour en former une scène à son goût : dans un rond de lumière, le prestidigitateur, portant des bottines à talonnettes aussi reluisantes que bruyantes (seul le son des pas lui parvenait encore dans ce halo lointain et muet, le son des talonnettes sur le plancher et le coulissement de la corde), se tenait devant le rideau orangé. Il ouvrait grand ses bras et, après avoir salué d'une chic révérence, sortait de sa poche une longue corde qu'il présentait aux spectateurs pour montrer que le numéro était réalisé sans trucage. C'était une corde qui devait mesurer environ un mètre cinquante. Au centre, il y faisait un nœud, et la tendant à nouveau, la voilà qui se séparait en deux. Deux morceaux pendaient maintenant au bout de ses doigts. L'homme alors se désarticulait, cassé comme un pantin pour saluer. Il se relevait aussitôt, étirant à nouveau ses lèvres en sourire. Il alignait les deux bouts de corde l'un contre l'autre et en faisait passer un cinquième entre son index et son majeur, puis, de l'autre main, tirait l'extrémité d'un des deux cordons, lentement, comme on le ferait pour sonner des cloches, et c'était le cordon jumeau qui diminuait, pourtant ces deux-là n'étaient plus reliés. Lorsqu'il présentait à nouveau les deux guindes, l'une était longue et l'autre courte, l'une avait pris ce que l'autre avait perdu. Il répétait son opération, tirait l'extrémité du plus petit bout et, comme par magie, parvenait à raccourcir le grand et allonger le court pour retrouver deux longueurs égales. Dans un savant mouvement, il les faisait ensuite coulisser plusieurs fois entre ses mains jusqu'à reformer la corde originelle. Il la lançait alors en l'air, soufflait dessus, et s'envolait une colombe.

Je proposai à Francis que nous visitions ensemble la Maison de Nanterre. J'allai un peu vite en besogne, mais tout de suite il a été partant. J'allais donc prendre rendez-vous. Nous n'osions parler fort, craignant que nos voix ne ricochent contre les vitres et ne soient amplifiées par cette grande cage vide, sans doute que cette affaire nous semblait un peu honteuse. Nous étions restés bien après l'heure du café, les serveuses avaient fermé les vitrines et éteint les lampes, le hall se vidait. Carole m'avait dit "Sois prudente avec lui", je n'en menais soudain pas large.

À présent nous y voilà. La Maison de Nanterre. Elle représente dix-sept hectares, douze à l'origine, l'équivalent de vingt terrains de foot, ou d'un village. À l'entrée, sur un panneau de bois, un plan du site est encollé. Je l'avais photographié à mon arrivée pour pouvoir l'observer tranquillement chez moi. Préparant cette visite depuis plusieurs semaines, je m'étais déjà plongée pendant des heures dans ceux que j'avais pu récupérer sur internet, aux archives ou encore dans ce livret que Francis appelait "la notice d'époque", qu'il m'avait soigneusement scanné et envoyé à la suite de ce premier rendez-vous. Je m'entêtais notamment à comparer, comprendre et mettre en lien deux croquis datant pour l'un de l'ouverture en 1887 et pour l'autre de 1973, l'un semblant le négatif de l'autre en plus compliqué, les traits s'étant multipliés avec les années. J'aurais tant voulu pouvoir identifier précisément les changements, les visualiser comme un film du début jusqu'à aujourd'hui. Cela procédait de la même manie que celle d'arriver en avance, j'avais trop d'inquiétudes pour me laisser surprendre, il fallait que j'aie des repères, je devais pouvoir me représenter le site dans son entièreté et à travers le temps, ce que j'avais bien de la peine à faire, ne parvenant pas à basculer d'une vue à l'autre (comme Google Maps peut le faire par exemple en passant de la hauteur au plain-pied), peut-être parce qu'elles me paraissaient la plupart du temps abstraites et que leurs détails m'absorbaient, me faisant complètement oublier l'ensemble.

Ces plans, dans lesquels je me perds donc comme dans un labyrinthe, je me rends compte très vite que Francis les a tous dans le crâne et passe avec une grande dextérité de l'un à l'autre comme s'il voyageait dans le temps. Je vois sa longue silhouette filer devant, passer sous un porche sur la gauche, tourner à droite et prendre par une petite artère coincée entre deux murs décatis, il a l'air de parfaitement savoir où il va. J'entends Mme Boll accélérer le pas. J'essaie de le suivre aussi, de compiler ce que j'ai pu lire ou observer, ce que je découvre et le récit qu'il en fait. Il rappelle qu'à son commencement (à l'aurore, j'allais écrire, imaginant la Maison toute neuve et pourtant déjà vieille sous un ciel violet), c'était un établissement de répression. Je note qu'il donne à ce mot-là une saveur particulière, syllabes à la fois pulsées et souriantes, on croirait entendre un agent de police d'autrefois à l'accent parisien. "Et pour pénétrer dans cet établissement de répression, *intra-muros*, il fallait presque se baisser pour franchir une double porte à barreaux coincée dans la muraille" (à l'écouter, c'est comme passer par une grotte obscure). "De chaque côté, des concierges étaient postés dans leur loge comme des vigies dans leur tour ! Les arrivants débarquaient alors dans la cour d'honneur."

Celle-ci était large et peu profonde, tel un proscenium, une scène de théâtre, bordée par les chambres des surveillants et des surveillantes avec pour unique toile de fond : l'administration.

"Un vrai rempart, l'administration, encore aujourd'hui vous avez vu ? Avec ses chiens-assis et ses cheminées comme des créneaux !"

C'est tout un circuit d'yeux et de surveillance qu'il décrit à l'aide d'amples gestes. Il explique que derrière cette imposante administration se cachait un terrain circonscrit d'une galerie qui s'étendait sur pas moins de quatre cents mètres de long, fermé, de l'autre côté, par l'infirmerie avec ses trois étages, ses fenêtres et son fronton. Sur cette immense étendue vide entre ces deux pavillons, l'architecte avait projeté *una cappella*, c'était sa touche florentine, son inspiration, il s'imaginait qu'elle ferait revenir la foi en ceux, prisonniers et mendiants, qui avaient perdu "l'âme et l'chemin", dit Francis, emporté dans l'histoire de la Maison. Ce projet attendrissait de compassion et de bonté le cœur de l'architecte et, dans ce fier élan, il la dessina, sa chapelle, l'érigea en plein centre et y ajouta deux temples. Mais l'époque était à la crise et les mendiants nombreux, il fallait vite trouver des solutions pour endiguer le flot d'arrivants, alors la *"cappella"* et les deux oratoires à peine entamés furent aussitôt transformés en nouveaux dortoirs et ateliers, le travail entre-temps ayant remplacé la foi, une autre façon de redresser.

Je me souviens (voilà le genre de détails dans lesquels je pouvais me perdre) qu'à côté de cette chapelle revue et corrigée dormirent pendant quelques années, dans une habitation à deux étages, seize surveillantes portant cornettes. Elles avaient accès à un petit cloître au centre duquel glougloutait une fontaine, mais avec la vague de réhabilitations des lieux de culte en ateliers, les sœurs avaient rapidement vu leur habitat changé en cuisine, l'eau maintenant bouillait dans les marmites et l'activité devenait partout intense.

Autour de cet axe central, sorte de colonne vertébrale que formaient l'administration, le jardin et l'infirmerie, se déployaient donc deux ailes : à l'ouest, celle des femmes, à l'est, celle des hommes où nous nous trouvons.

"Ici, dit Francis en désignant différents locaux ou leur emplacement quand ils n'existent plus, se trouvaient la lingerie, les remises, les écuries pour les chevaux, la buanderie et les étuves à désinfection à vapeur sous pression du système Geneste-Herscher, moderne à l'époque", précise-t-il, l'index levé. Il passe une porte pour entrer dans une salle vide. "Ici... il y avait les vestiaires." Il laisse un silence troublé. "J'y étais affecté pendant un temps. Parce que quand on était hébergé, on était affecté à un emploi, on devenait auxiliaire. Alors les arrivants entraient par là, un à un, ils laissaient leurs habits, leurs chaussures, leurs affaires qu'on mettait dans des bacs sur des étagères, on leur donnait le costume de la Maison et puis ils allaient au bain. Il fallait traverser tout l'établissement pour le bain ! C'était de l'autre côté, entre l'infirmerie et la morgue. Et ils retrouvaient leurs affaires lessivées en sortant de la Maison. Ah c'est une autre époque, hein... Certains se sentaient stigmatisés, moi j'aimais bien cette rusticité. L'uniforme, je me souviens, était taillé dans un drap, ça ressemblait à un vêtement de peintre, ou de sculpteur, blanc. Et puis les sabots, avec la semelle en bois et le dessus en cuir. La première fois que j'ai vu ça... Ah, ça fait drôle !"

J'avais appris l'existence de ces costumes et je ne pouvais m'empêcher à leur évocation de visualiser le *Pierrot* de Watteau, avec son air un peu désœuvré, un peu mal à l'aise d'être ainsi exposé, les bras ballants dans son habit trop grand. J'avais lu chez mon médecin que le tableau avait été retrouvé chez un brocanteur qui avait indiqué au-dessus "Achetez-moi, je suis là tout seul". Je demande à Mme Boll s'il est possible de voir ces vêtements, s'ils sont stockés quelque part. Elle n'en a aucune idée, elle pense qu'ils ont été jetés.

"Vous devriez chercher sur Leboncoin, on trouve parfois de ces trucs !"

Nous sortons du vestiaire pour arriver dans une cour entre deux bâtiments anciens.

Francis poursuit sa cartographie du lieu, que j'essaie de recouper mentalement avec les plans. Il explique, en désignant la gauche avec sa main, que dans la parallèle se trouvaient à l'origine deux blocs cellulaires séparés du reste par des murs, puis trois pavillons pour les hommes valides et deux pour les vieillards et les infirmes. De l'autre côté, il dessine avec son doigt dans l'air un grand arc de cercle, dans le quartier des femmes, au sud se trouvaient la cuisine, la meunerie, la boulangerie, puis pareillement, deux blocs cellulaires et trois pavillons simples : deux pour les femmes valides, un pour les vieilles et les infirmes, et une salle d'accouchement. Au nord, les bras maintenant tendus devant, les paumes jointes et répétant le même petit mouvement directif, on le croirait en prière, derrière l'infirmerie et isolé du reste il précise : les bains. Et de chaque côté : une tourelle pour les dépôts mortuaires et les dissections, et encore derrière la fameuse usine de chauffage Geneste-Herscher.

L'ensemble était contenu par un épais et haut mur d'enceinte. Sous terre, des galeries assurant le vide sanitaire reliaient tous les blocs entre eux. Un chemin de ronde permettait aux voitures de circuler. À l'ouest, notre guide pointe à nouveau le doigt, il parle fort, vite, nous regarde à peine : quatre hectares de champs avaient d'abord servi à l'évacuation des eaux sales, avant de devenir un potager avec clapiers et porcherie, et plus loin, deux hectares pour un cimetière.

"On devait pouvoir y trouver tout ce dont un être a besoin de la naissance à la mort. Il y avait même un théâtre !" Je vois Mme Boll froncer les sourcils cette fois. "Il a été construit dans les années 70, je crois, et on y célébrait les Noëls, parfois des mariages, moi j'ai été deux fois témoin ! Le dimanche, ils faisaient venir un magicien."

Cette salle des fêtes ne figure sur aucun plan.

La maison de répression se voulait autonome. Prisonniers et mendiants travaillaient au sein de nombreux ateliers, cultivant un potager, fabriquant du pain, plumant la volaille, nettoyant le linge, cousant l'uniforme dont ils étaient tous revêtus. Le chauffage était produit sur place, l'eau tirée de la Seine et filtrée. Les blocs cellulaires ont perduré jusqu'à l'aube du xxe siècle, tout comme la *"cappella"*, du moins la promesse d'une chapelle. Au printemps 1902, les détenus furent transférés en partie à Fresnes, la maison de répression devint alors un dépôt de mendicité et un hôpital moderne non exclusivement réservé aux hébergés.

J'avais lu, dans la notice que m'avait envoyée Francis, qu'au temps de la prison chaque bloc contenait quarante-quatre cellules, verrouillées par de gros cadenas. Dans chacune, une table, une chaise, une planche avec une couverture, un robinet et une bassine, un bec de gaz pour s'éclairer. La description était sévère à dessein. Aux portes, on imaginait des grattements, des gémissements comme ceux d'un loup affamé et solitaire qui s'échappaient parfois, couraient dans les couloirs, mais peut-être était-ce le vent. Ce vent qui sifflait partout dans les galeries, dans les couloirs, sous les portes, et qui faisait claquer des dents tout ce petit monde. Chaque cellule était un purgatoire, un homme se rongeait, une femme s'abîmait. Les yeux regardaient vers la haute lucarne le crépuscule décliner, mauve et puis rouge, comme une cicatrice qui s'enflammait encore, une vieille blessure qui s'ouvrait la nuit et les aspirait. Au matin, une lumière crue inondait la pièce d'un soleil d'hiver qui plus tard grésillait dans les néons presque verts et malgré tout rassurants. La nuit laissait un goût d'absence, le corps se réveillait endolori. Les yeux devaient s'habituer à l'instabilité lumineuse, aux tremblements qui déclenchaient parfois des maux de tête pouvant aller jusqu'aux convulsions. Les yeux devenaient félins, reptiliens, pupilles rétractées, têtes d'épingle soudain comme les antennes d'un escargot quand on les touche. Parfois, dans les petites cours triangulaires fermées par les hauts murs, les sabots lourds traînant dans le sable, les prisonniers et les prisonnières marchaient pour retrouver leur tête. Parfois, c'était la communauté, son agitation, l'odeur de la soupe déjà, les rires gras et le cliquetis des couverts qui réchauffaient leur cœur. Les enfants, quand les mères ne les avaient pas abandonnés ou tués, étaient également recueillis à Nanterre. Ils s'y portaient à merveille, rapportaient les journaux. Ils se montraient les plus sages du monde, jouant au silence dans un coin de la cellule et, quand leur jeu était fini, ils rangeaient gentiment ce qu'on leur avait prêté. Ils suivaient le programme scolaire que prenaient en charge les maîtres et les maîtresses. Ils mangeaient à heures fixes, à leur faim, dévoraient parfois, pris d'une peur soudain de manquer, puis sitôt se reprenaient, se contenaient, reposaient les avant-bras sur la table, se redressaient, les yeux rivés sur la surveillante. Elle leur tendait une pomme pour récompense ou quand il y en avait, un œuf. D'une voix haut perchée et avec leur accent de l'époque, ils se levaient et récitaient des poésies. Par exemple *L'Écolier et le Ver à soie* de Louis Ratisbonne :

Heureux le papillon qui,
Libre dans l'air, vole !
disait un écolier ennuyé de l'école.
Sans trêve et sans repos
Travailler, travailler :
Voilà mon sort à moi,
Malheureux prisonnier !

Et, s'adressant au ver à soie :
Comment peux-tu filer
Toi-même ta prison ?
L'insecte répondit :
J'y travaille avec joie,
Car j'en sors papillon.

Les poèmes étaient comme des sirops, ils cajolaient, soignaient, distillaient chez les petits comme les plus grands la belle morale et changeaient le vice en poison. Les mauvais plis revenaient apparemment plus vite que les épis sur la tête, c'est pourquoi les récitations sur l'oisiveté et les désastres de l'alcool étaient chéries entre toutes par les enseignants et apprises par cœur dès le plus jeune âge. Ces poésies à la mode étaient des ritournelles pratiques comme des serre-joints pour faire entrer les règles de bonne vie dans le crâne et remettre les ébouriffés sur la voie. Sitôt que les lampes s'éteignaient le soir, il régnait un étonnant silence dans les pavillons de la grande Maison. Des grattements de souris, parfois un cri. Les draps séchaient en plein air. Tout était parfaitement aligné, les tables, les lits, le petit bois. Les prisonnières avaient lustré le sol de leur cellule avec le cul d'une bouteille. Les journées étaient ordonnées, uniformes et rassurantes pour tout le monde. La Maison était le giron parfait des enfants.

"Un dépotoir s'exclame Francis ! Une vraie décharge ! Étaient jetés ici les confondus, les sans-langue, errants, poètes, une étoile amochée qu'un petit accident avait expulsée de l'opéra, les perdus, les faux pendus, les trafiquants, les vendeuses de chiffons, de fleurs, une sirène même a-t-on vu ! Une sirène ! Et pourquoi pas l'Inconnue de la Seine !"

Et il rit sous cape, mais pour lui, la Maison était le lieu idéal.

Francis a grandi à Chauny, une petite ville de Picardie, avec ses parents et ses quatre frères et sœurs. Son père y tenait un salon de coiffure. Il s'occupait des têtes, et Francis se souvient des odeurs de shampoing, de lotions, de poils grillés, de tous ces cheveux sur le carrelage. Sa mère passait le balai, nettoyait le linge, les blouses, les capes et les serviettes éponges. Elle les lavait avec soin, les étendait sur un tancarville en hiver et dehors en été, sur un long fil à linge pour qu'elles sèchent, puis les repassait, les pliait de manière symétrique avant de les ranger par ordre de grandeur sur les étagères. Pendant longtemps, Francis est revenu à Chauny pour ses lessives. Il a toujours été dans l'incapacité de laver lui-même ses vêtements, tout comme prendre une douche reste pour lui une épreuve, un obstacle.

Après des études en Picardie, il rejoint son frère aîné à Paris. Pierre loge chez son oncle, qui est aussi le parrain de Francis. Le cadet se trouve un foyer à Ivry-sur-Seine. Nous sommes dans les années 1970, il vient d'obtenir un poste d'électronicien. Le foyer de jeunes travailleurs n'est pas dépourvu d'avertissements et de règlement intérieur mais ceux qui débarquent ici, libérés des parents, ivres de fumer, sortir et aller comme bon leur semble, goûtant l'autonomie enfin, n'ont que faire des consignes, et leur joyeux bazar fait voler en éclats le cadre espéré par le jeune Francis. Il s'y accroche pourtant et commence ainsi sa vie active. Son premier travail consiste toute la journée à monter et à mettre au point des appareils médicaux suivant un cahier des charges précis. Ce métier, malheureusement trop difficile pour lui, le précipite dans une dépression. Il est mis à l'arrêt, hospitalisé pendant un mois, avec médicaments et suivi psychologique. Quand il sort, encore fragile, en pleine convalescence, il va chercher les clés de sa chambre chez son parrain, les ayant prêtées à Pierre pour qu'il puisse profiter un peu du foyer, mais lorsque l'oncle voit débarquer le jeune, il le renvoie, "Oh ben les clés de ton foyer je ne les ai pas et puis j'ai déjà hébergé ton frère, ça suffit maintenant, toi tu sauras bien te trouver un hôtel!"

Francis se souvient qu'avant d'être interné il avait entendu un reportage à la radio sur la Maison de Nanterre. "Je ne sais pas pourquoi ça m'avait tout de suite plu, j'étais intrigué, après l'émission j'avais pas réfléchi, je m'y étais rendu." On lui avait remis à l'époque un bulletin de la préfecture de police, une sorte de notice qui expliquait ce qu'étaient la Maison et son dépôt de mendicité. "Alors quand il y a eu cette histoire avec mon parrain, j'y suis retourné." Les soirs qui suivent, il enfile de vieux habits, se fait passer pour un clochard et ainsi chaque nuit se fait embarquer. Dix jours plus tard, il récupère finalement les clés que Pierre a gardées. Francis sort d'un rendez-vous à l'hôpital où il continue d'être suivi par un psychiatre, le voilà pris dans la tourmente d'un choix à faire. "C'était métro Pasteur, se souvient-il, la croisée des chemins, là il y avait deux couloirs : l'un menait au foyer, l'autre à Nanterre." Au moment de choisir, il plonge les mains dans ses poches, elles sont vides, il a perdu les clés, décidément. Il repart à Nanterre.

"Mais on peut dire comme ça que je n'ai jamais vraiment intégré le monde humain, explique-t-il, arrêté dans l'encadrement d'une porte, personne n'intègre vraiment le monde humain, toutes ses sphères... Je vois ça comme ça, des sphères. Côté hygiène, par exemple, pour moi ça ne marche pas. ça n'a jamais vraiment marché. Pendant très longtemps, disons une fois par mois, j'allais chez mes parents, pour mon linge, je me lavais et je me changeais chez eux. Après, la Maison de Nanterre pour moi, ça réglait le problème, on allait au bain, on se déshabillait, on se lavait, on enfilait les tenues de la Maison, les sabots."

Il franchit des portes, bifurque à droite, court dans l'ancienne buanderie, disparaît dans des enfilades de pièces. "Les grandes cuves sont encore là !" je l'entends qui s'écrie. J'essaie de le suivre, de tout enregistrer, les salles sont hautes, larges et sombres, humides et glacées comme dans un blockhaus, elles ouvrent sur d'autres qui ouvrent sur d'autres, j'ai peur de le perdre, de rater quelque chose. "J'en ai passé, du temps ici... Avec tous les ballots de linge qui arrivaient et qu'il fallait trier et laver... J'ai tourné sur différents métiers, c'est mon plus beau souvenir, la blanchisserie."

Il avait aimé y travailler, être auxiliaire à la Maison de Nanterre. Les fenêtres sont à présent murées, les établis qui courent le long des murs s'effondrent, mais Francis reconnaît les lieux, les illumine. "Il y avait des bacs ici, et là les étuves à désinfection." Je repère le crochet qui descend du plafond et auquel le vêtement était suspendu avant d'être gonflé d'air chaud, et j'imagine cela ou peut-être avais-je vu des images de ces gros corps qui flottaient sans tête. Me revient cette scène dont Francis m'avait fait part : une nuit, un chirurgien de la Maison avait pendu tous les corps qu'il y avait à la morgue. Au petit matin dans le dortoir, il s'était réveillé, tout le monde était attroupé aux fenêtres... Ces ouvertures n'avaient pas de rideaux, de sorte que la nuit, selon la lune, il y avait toujours un peu de jour dans les longues travées. Et ce matin-là, un silence anormal régnait, les bonshommes étaient tous collés aux vitres pour regarder quelque chose. Alors il s'était rapproché, faufilé lui aussi pour voir. En bas, dans la cour, il y avait des pendus partout, qui flottaient, qui ballottaient sous les arbres.

Je le retrouve figé dans l'obscurité d'une pièce. Sa voix résonne, comme abattue soudain : "Prendre une douche, pour moi c'est compliqué... Je n'ai pas de prise, je glisse disons, je m'enfonce comme dans du sable mouvant... C'est pareil pour les habits. Les lessiver tout seul, c'est impossible pour moi. Mes vêtements, je dors et travaille dedans. L'entretien du linge, les machines à laver, ça m'intéresse. Pourquoi ne trouve-t-on pas, pour ceux qui en ont besoin, des endroits avec des systèmes comme des bains municipaux pour nettoyer les gens et les habits ?"

Le voilà qui rebondit soudain, l'index levé :

"10 avril 2018, Chauny, la blanchisserie industrielle, j'en fais le tour, je demande au patron, les machines de type industriel sont de petite taille mais il en existe de grandes dimensions dans lesquelles on peut pénétrer, des machines à cinq poches même, qui fonctionnent comme un rotor. La machine à cinq poches me passionne. J'aimerais pouvoir y entrer.

— Hé ho ! nous interpelle Mme Boll, sa petite silhouette au loin penchée dans l'embrasure, revenez s'il vous plaît, c'est un endroit interdit au public ici, je vous prie de revenir. S'il vous plaît !

— Mais par hasard j'ai découvert… – il poursuit – comment… qu'y a un musicien, qui utilise aussi les machines à laver, comme… comme métronomes, et j'ai trouvé un clip, avec la chanson on voit des images très typiques des hippies. Récemment, il y a eu comme tous les deux ans les universités d'automne de l'Arapi[*], et cette université se termine par des ateliers et un des ateliers portait sur les comportements à problèmes, et moi j'ai soulevé une question, parce que la personne qui présentait présentait un lieu de vie, enfin, un genre de foyer, de centre d'accueil, et elle montrait, bon, des chambres toutes pareilles, alors moi j'ai dit « C'est un peu problématique parce que des chambres comme partout où il y a un coin douche toilettes, j'ai dit c'est problématique parce que… Il y a des personnes qui ne peuvent pas vivre dans un cadre comme ça, en fait l'espace personnel, il

---

[*] Arapi : Association pour la recherche sur l'autisme et la prévention des inadaptations.

faut qu'il soit réduit à... à lui-même... à... son lit. » Et...
et... et moi peu de temps avant ce... avant ce... cette université d'automne... parce que je fais partie de l'Arapi
moi, même du CA de l'Arapi, et je lui avais dit « Habituellement on me réserve une petite chambre et ça ne me
convient pas » mais bon « On te l'a réservée ce sera gra-
tuit » on me répond, et sur place, dans le hall d'accueil,
qui est assez grand et qui mène dans... enfin dans des
salles, je parle à... au Croisic où il y a les universités d'automne, il y a des canapés un peu partout, et je dis à
Josiane qui est une des organisatrices que je dormirais
mieux dans un canapé plutôt que dans la chambre, et
elle semble pas... comprendre ce que je veux, Josiane.
C'est une réalité. Et si je reviens aux hippies, c'est des
gens qui peuvent être mal à l'aise dans les milieux tradi-
tionnels, et là de dormir dans un coin, bon, dans le clip
ils montrent un autobus, un vieil autobus, on pose ça
quelque part pour passer une nuit, chacun dort dans un
coin, l'espace est distribué différemment !
— S'il vous plaît ! Revenez, ou je vais devoir appeler la
sécurité...", se plaint Mme Boll.

Il se promène dans les couloirs, file d'un bâtiment à
l'autre, désorientant Mme Boll qui a prévu le sens de
la visite quand bien même les murs, pour elle, restent
muets. L'histoire, elle la connaît si peu finalement,
sinon que : "Alors voilà, c'est ici que se tenait le quartier
des hommes..."
Elle avance dans son costume un peu trop grand pour
elle, mal ajusté et qui l'oblige à ne marcher qu'à petits

pas serrés sur ses talons carrés, lui donnant tout de même un sérieux sur lequel elle peut compter, se reposer – penser à prendre une paire de baskets pour l'excursion n'aurait cependant pas été inutile. Je comprends qu'elle profite de cette visite pour faire le tour du site avec sa nouvelle stagiaire, elle a une vue pratique des heures et des lieux, rationnelle, mesurant les avantages et les inconvénients.

Elle parle légèrement plus bas pour ne pas réveiller les hébergés qui dorment çà et là sur des dalles de béton, salue maladroitement ceux qui se sont réunis à quatre ou cinq pour fumer des cigarettes.

Là où séchaient autrefois des ribambelles de draps comme des fantômes, des locaux ont été construits en 2001 pour accueillir les sans-abris, nous explique Mme Boll. Plus besoin des fils à linge et de la buanderie non plus, le pressing étant maintenant externalisé. Le vocabulaire a changé. Un siècle plus tard, on parle de sans domicile fixe et du Centre d'hébergement et d'assistance aux personnes sans-abri, le *Chap-sa* articule l'attachée culturelle avec un S sifflant comme un vent aigu qui souffle. Elle se ragaillardit de pouvoir enfin reprendre les rênes de la visite. Les architectes, associés cette fois, ont imaginé ce préau comme "un grand toit protecteur", dit-elle en retrouvant les termes du programme de communication d'alors, une grande main qui garde les bâtiments rassemblés autour d'une cour. Des superpositions de couches, de matières, bois, verre, métal, forment un complexe pouvant accueillir deux cent cinquante personnes, dans des chambres de quatre, adieu dortoirs surchargés ! L'emprisonnement a cessé en 1955 et les lois sur le vagabondage et la mendicité ont été abrogées en 1994. À l'entrée, comme avant, ils doivent se délester de leurs affaires personnelles, récupérer des habits propres et se laver dans des douches individuelles. On leur donne des serviettes jetables, des gants déjà savonnés et un rasoir (plus de brosses à dents ni dentifrice depuis qu'un mécène a stoppé ses aides). Ils peuvent ensuite aller dîner au réfectoire.

À cette heure de la journée, mis à part les quelques présences assoupies ou qui fument en bande, l'endroit est désert. Ils viennent en général à partir de 16 h 30, nous prévient Mme Boll. Mais vers 14 heures, je les avais repérés en arrivant, certains commencent à s'agglutiner le long du mur d'enceinte pour boire des bières, sans doute qu'ils tètent ainsi jusqu'à pouvoir enfin trouver le sommeil.

Affiché sur la porte vitrée à l'entrée du local, un programme au titre prometteur : "Retrouver l'estime de soi". Un visuel, dans les tons saumon, représentant une femme en train de se maquiller face à un miroir, semble vouloir illustrer le titre. "Une belle démarche, un beau projet !" s'exclame Mme Boll en tapotant l'affichette de ses ongles roses et en parfaite santé. "L'essentiel est de participer !" lance-t-elle à la volée. Participer est le premier pas vers la réinsertion, selon elle.

L'établissement, avec son système organisationnel, est depuis toujours à vertus prophylactiques. Il agit comme une gaine, il contient, mais surtout, veut corriger les corps et les âmes des hébergés, des admis, les remodeler pour les emboîter dans la société. Il cherche à reprendre leurs pentes naturelles qui souvent les mènent à contre-courant, à s'égarer, méchantes pentes dites naturelles, et jugées dans ce cas dangereuses, voire morbides pour eux-mêmes et pour les autres (et pour finir certainement pas naturelles, car ce qui est naturel, ce sont les hommes qui le construisent ensemble, et ceux qui s'égarent leur font du tort et mettent en péril leur communauté). Mme Boll mêmement soutient ce discours comme une prière apprise, transmise par ses supérieurs et collègues, ses congénères : "Derrière chaque pensionnaire, il y a un citoyen perdu qui doit au plus vite regagner son statut et réintégrer la société." Francis a beau lui expliquer que cette idée n'est pas une bonne piste, elle finit, oubliant toute civilité, par lever les yeux au ciel en soufflant.

Le local est sombre et frais, des blocs de béton découpent l'espace, imposant une certaine circulation, l'ensemble est entièrement recouvert de carreaux blancs. Tout a l'air conçu pour être lavé d'un coup de jet. Nous ressortons pour ensuite longer une ribambelle d'annexes en briques qui ressemblent à des écuries et qui semblent condamnées. Ici dormaient autrefois des surveillants, et dans la continuité était entreposé le bois. Mme Boll poursuit à bonne allure sans grandes explications sinon que bientôt une partie du site sera détruite, la buanderie par exemple et certains pavillons aujourd'hui désaffectés, un appel à projets a été lancé, une grande et célèbre entreprise d'architecture a raflé la mise.

Je vois Francis qui bifurque soudain, s'engage vers la gauche sur une sorte de terrain qu'on croirait à l'abandon et qui donne, selon les plans que j'ai en tête, sur les blocs carcéraux. Il avance en fronçant les sourcils, les mains sur les hanches. Au fond s'élèvent deux sombres bâtiments en briques et moellons avec des barreaux aux fenêtres. "Ce sont les anciennes prisons, là-bas ?" je demande. J'ai besoin d'en avoir le cœur net. Mais personne ne me répond. Je me retourne, Mme Boll est occupée avec son portable.

"C'est une problématique, la gestion de l'espace...", dit Francis.

Je ne comprends pas tout de suite le trajet que son cerveau a fait, m'attendant à ce qu'il commente ou m'éclaire sur cette vision, je finis par comprendre qu'il poursuit tout simplement sa réflexion.

"Enfin c'est mal dit mais on vit dans un environnement, et c'est vrai que la tradition aujourd'hui est d'avoir chacun sa chambre, mais bon... C'est déjà un environnement à structurer parce que... On range un tas de choses dans sa chambre ! Et ça, ça peut mettre mal à l'aise, de ranger. Dans une cellule, en prison ou au commissariat, il y a juste une couchette et puis des... une dalle WC, WC à la turque, et rien d'autre ! Et là c'est comme un refuge déjà structuré. Je n'ai jamais été capable de ranger ma chambre. Je n'arrivais pas à trouver le moyen de donner un ordre aux choses. Les gens trouvent un ordre mais ils n'en sont pas conscients !"

Selon lui, le cerveau humain fabriquerait, à partir de la mémoire et de la perception qu'il a de l'environnement, ce que les scientifiques appellent une "somme probabiliste". De cet ensemble, des hypothèses vont se dégager qui vont orienter les gens, et qui sont suffisamment stables et évidentes pour qu'ils puissent s'appuyer dessus et avoir le sentiment qu'en s'appuyant dessus ils manifestent leur personnalité. Mais pour certains ça ne s'impose pas, dit Francis. Pour lui, par exemple, c'est une catastrophe, parce que chaque fois ce sont toutes les possibilités qui se présentent en même temps, elles sont très nombreuses étant donné sa mémoire, et toutes plus vraies et défendables les unes que les autres, aucune ne se détachant pour donner de résultat. Son cerveau n'additionne pas, il multiplie. Alors ranger chez soi, dans ces conditions, ce sont des milliers de possibilités. Il peut s'obliger à prendre des décisions mais cela le fatigue tellement qu'au bout d'un moment il a l'impression que sa tête surchauffe et pour finir grille comme une ampoule, il ne voit plus rien, ne s'y retrouve plus. Et plus tard, s'il y a un objet nouveau ou déplacé, cela remet tout en perspective, c'est encore une catastrophe. Il est donc arrivé à l'adolescence en ayant intégré qu'il ne pourrait jamais vivre comme la plupart dans une maison ou un appartement.

À vingt ans, cependant, Francis, poussé par la famille, avait acheté un petit pavillon à Saint-Ouen. Il fallait procéder à quelques rafraîchissements, alors son père était venu l'aider. Il voulait s'attaquer au sol pour commencer, vitrifier le plancher, mais pour le fils, c'était inenvisageable de toucher à l'intérieur de la maison, il préférait s'occuper des menus travaux à l'extérieur, les conduits, les ferronneries, les volets, sauf que le père insistait. Francis se souvenait que, dans le temps, son père avait loué la maison de son paternel, et dans la chambre natale il y avait un parquet qu'il avait pris le plus grand soin à poncer et vernir après avoir rempli chaque interstice avec du mastic, il avait tout colmaté parce que selon lui c'était plus pratique avec les gosses. Mais des gosses, Francis n'en avait pas, il voulait s'occuper des défunts, lui, des fantômes. Il avait reçu la visite d'un pendu. Certains morts, disait-il, ne pouvaient pas mourir parce qu'ils avaient des choses à transmettre aux vivants, des messages, alors il pensait les accueillir, organiser des réunions, leur consacrer une pièce de la maison. Il fallait que cette pièce reste vide, il s'était renseigné, il ne fallait toucher à rien, laisser le bois respirer, poncer, encaustiquer à la limite mais en aucun cas recouvrir le sol d'une quelconque matière. Seulement son père était obtus et, jugeant que ce projet ne tenait pas debout, il lui avait forcé la main. Le frère était venu en renfort pour peindre et aider à l'aménagement, Francis avait vu les choses lui échapper, ça l'avait brisé.

Il n'a jamais su comment vivre dans cet espace donné, il y entasse depuis des années toutes sortes de choses, il y va le week-end parce qu'il ne travaille pas, quant à la semaine, après avoir dormi pendant des années à la Maison de Nanterre, il passe à présent ses nuits sur le perron du commissariat de Saint-Denis.

"Là-bas tout le monde me connaît ! dit-il. Ils tolèrent ! Ils pensent que je suis dans d'autres mains, ça leur permet de ne pas me prendre au sérieux. Mais cette histoire de maison finalement... Parce que ce n'est pas en restant chez moi que je pourrai faire comprendre ma demande. Enfin, actuellement c'est dur, je vais au boulot à Noisy-le-Grand puis à Saint-Denis au commissariat directement, je ne repasse pas par Saint-Ouen à l'appartement parce que sinon, tous ces trajets, je serai crevé avant !"

Il se souvient avoir entendu à la radio une lecture qui expliquait qu'au début du xxe siècle, c'était très courant, que les commissariats avaient leurs habitués, et à la Maison de Nanterre, un gars lui avait raconté qu'il dormait au bloc comme ça, mais ce n'était pas de gaieté de cœur, il faisait froid dehors.

J'entends les étourneaux, ils envahissent le ciel, j'aperçois leur nuée, leur mouvement, les regarde progresser puis se reposer, et le silence. Je me retourne. Les bras ballants dans son habit trop grand, Mme Boll nous regarde, s'impatientant face à notre inutile contemplation devant ce qui est voué à disparaître. Elle jette des coups d'œil à sa montre, elle attend que nous voulions bien poursuivre par ici la visite.

"La plupart des bâtiments sont vides aujourd'hui", nous informe Mme Boll en reprenant sa marche. Alors il y a ce projet d'architecture qui a été lancé pour ouvrir et incorporer le site à la ville. Il y a la volonté du moment qui est à l'intégration et à l'inclusif. Et cela va dans le sens du projet de ce Grand Paris auquel l'attachée culturelle aime se référer et dans lequel elle s'inscrit volontiers, non pas en tant que personne mais en tant que Maison de Nanterre même, qu'elle voudrait s'approprier si aisément, comme le font tous les employés dans les grandes boîtes, il faut non seulement adhérer mais se sentir appartenir à, épouser pour mieux s'investir. "Décloisonnons !" dit-elle, mais pour l'instant elle reste encore un peu timorée, ce sont des tentatives.

"Ici, c'étaient les trois pavillons des hommes valides, dit Francis en désignant des locaux.

— Eh bien c'est à présent notre Ehpad", enchérit Mme Boll.

Derrière, on commence à apercevoir l'infirmerie. C'est là-bas qu'avaient lieu autrefois les consultations, après le bain, il y avait aussi la chirurgie si besoin, et la pharmacie. Les étages, reliés entre eux par de larges escaliers en bois ouvragés à l'odeur d'encaustique, rassemblaient différents services de médecine, des dortoirs pour les malades et des chambres d'isolement.

J'essaie de comprendre comment cette ville dans la ville est faite. Je repense sans cesse aux plans. Je m'y accroche. Le plan dit "en peigne", comme ceux des hôpitaux du xixᵉ qu'on appelle architecture hospitalière, rationaliste, quand il est tracé de manière basique, sans détails, comme celui qu'on trouve par exemple dans la notice que m'a envoyée Francis, fait apparaître un étrange squelette, fossile d'une bête aux lignes trop droites, aux angles trop aigus, à l'effrayante symétrie. Sur certains croquis, le bâti prend la couleur blanche ou beige des os, en réalité il est foncé et sévère comme une maîtresse d'école. Je m'efforce d'en saisir, par cette visite, le dessin, la logique architecturale, je m'attelle à cet exercice sans quoi, trop impressionnée par les façades austères des anciens pavillons et des friches sauvages que sont devenus les jardins, je suis incapable d'avoir la distance pour faire les liens, pour raisonner, pour penser ce que je vois. Ce sont des fantômes qui me viennent, qui me regardent aux fenêtres, des feulements que j'entends dans les corridors noirs et dans les étages désertés, blancs cette fois et larges pour que l'air et la lumière ajoutent de l'espace à l'espace, et de l'oxygène, et c'est pour moi comme une crise d'asthme.

À l'entrée, une horloge surplombe l'administration, elle indique midi moins le quart depuis des années. 11 h 45, c'est juste avant l'heure du déjeuner, avant que le soleil n'aspire les ombres. 23 h 45, c'était juste avant l'arrivée du dernier car qui déversait sa énième prise du soir. Il est plus vraisemblable que cette heure arrêtée soit le fruit du hasard, alors ce qu'il faut en retenir, c'est que le temps ici ne tourne plus. Le fer s'est oxydé. La pierre est devenue noire. Les fenêtres des étages restent closes et l'air ne circule plus, l'humidité a développé des taches de salpêtre.

Cet établissement digne d'un orphelinat tout droit sorti du rêve d'un enfant, conçu dans la coquille de son crâne, fait remonter en moi des sensations de gamine assoiffée de curiosité et d'aventures, comme une citadelle qu'on découvre, qu'on lorgne d'abord et dans laquelle on s'introduit sans y avoir été convié, croyant le site abandonné. Nous avions nous-mêmes été laissés ce matin-là sur le sable d'une plage de l'île de Noirmoutier, et tandis que mes parents pêchaient, nous édifiions des châteaux humides de la nuit encore fraîche, et derrière nous il y avait cette porte en bois. Nous avions fini, avec mon frère et ma sœur, par la trouer, par en achever une planche bringuebalante pour voir ce qu'elle cachait. Nous étions avides, les yeux collés à la lorgnette méchamment acquise, à scruter ce que nous imaginions d'un vrai château, d'un manoir, hanté peut-être. C'était envahi par une jungle et tout derrière on apercevait les murs et les grandes fenêtres, une tour. J'avais réussi à me glisser par la fente et à passer de l'autre côté. Ce monde aussitôt m'avait absorbée. Tout semblait différent, le son d'abord, les oiseaux avaient remplacé le grondement de la mer, et puis l'atmosphère moite. J'avançais vers la demeure. Quand je me retournai, je distinguai à peine, derrière les branchages, la trouée avec la petite tête de ma sœur et la plage tout derrière, j'étais déjà loin, ailleurs, cela me fit peur, je rebroussai chemin.

Ces plans me brûlent les mains, chaque fois que je les regarde dans le détail, je m'y perds. À première vue, ils semblent pourtant simples mais quand on y plonge en amateur, sans l'habitude des cartes et des tracés, il s'avère si difficile d'en reconnaître le dessin, de le suivre de manière logique, d'en comprendre les vides et les pleins, les accès et la circulation, un temple aztèque m'impressionnerait tout autant. Je m'attends à y dégotter les mêmes frayeurs. Sur certains, une croix se forme franchement avec le jardin central et l'infirmerie, pareille à une église, avec sa nef et ses transepts, ses deux tours et son chœur. Les pavillons (le pavillon est né du vieux français *papillon* parce qu'au Moyen Âge, c'était la tente des seigneurs qui était désignée ainsi, on imagine la richesse des tissus) se déploient, d'où l'appellation "plan en peigne", autour de cet axe central délimité de chaque côté par un édifice plus imposant que les autres : l'administration flanquée à l'entrée et, au bout, l'infirmerie, dont nous sommes en train, tous les quatre, de nous approcher.

"Achille Hermant, c'est l'architecte de la Maison ? demande la stagiaire devant une plaque qui l'indique.

— Je vous enverrai les coordonnées d'une association qui a écrit un livre sur l'histoire de la Maison", répond l'attachée culturelle avant de reprendre sa marche. Francis, intéressé, essaie d'obtenir des renseignements à propos de cet ouvrage qu'il ne connaît pas, lui qui rassemble et lit tout ce qu'il trouve sur le sujet. Il en sait déjà un rayon, possédant par ailleurs une mémoire extraordinaire. J'entame une recherche rapide sur mon portable, tombe sur les photographies en noir et blanc de Nadar qui a immortalisé les visages de son époque, sur lesquelles on voit Achille Hermant poser, bonhomme épais, voire un peu empâté, dans une sérénité bourgeoise et sûre d'elle, la bouche un peu pincée, regard de côté. On le devine bon vivant et satisfait de l'autorité qu'il exerce. Plus tard, je lirai des morceaux de biographies, des documents d'archives pour cerner un peu celui qui avait imaginé ce lieu. Francis, pour sa part, en connaissait déjà l'histoire. "Voilà l'homme en question !" il annonce en hochant la tête.

"L'homme en question" avait vu le jour en 1823, dans un Paris sale où l'eau de source arrivait tout juste, où

50

des chariots passaient pour récupérer les déchets et les déposer en dehors de la ville, où les usines à gaz aux dangereuses conditions de travail permettaient de repousser un peu la nuit (on manipulait à mains nues le coke qui sortait des fours aux vapeurs brûlantes et toxiques), où la majeure partie de la population souffrait de misère. L'éruption volcanique du Tambora en Indonésie avait déréglé le climat en 1816, sur l'Occident, le ciel était resté gris pendant un an, le soleil n'avait pas percé, laissant la terre stérile. Cette fameuse année sans été avait provoqué une grave inflation et laissé sur le carreau beaucoup de familles, réduites à se nourrir d'herbes sauvages, à mendier, à voler. Une véritable hécatombe. Dans le Nord de la France, des enfants avaient été découverts "morts dans un champ de trèfles où ils avaient mangé de jeunes pousses*". Les mains se tendaient violemment, s'arrachaient le blé et le pain. Les femmes vendaient leurs cheveux à des chiffonniers de passage, les hommes partaient à la capitale chercher du travail. Le bâtiment était en plein essor, mais les quartiers riches qui se développaient ne trouvaient pas de locataires. Le choléra faisait des ravages.

Francis se souvient d'une nouvelle de Maupassant que la maîtresse avait lue à l'école, cette histoire l'avait marqué. C'était celle du charpentier Jacques Randel qui était parti loin de son village pour trouver du travail mais n'avait jamais obtenu de place sur aucun chantier.

---

* Léonard Nebinger (né en 1794), qui fut maire de Heiligenstein (Bas-Rhin), raconte de façon saisissante dans ses Mémoires cette année épouvantable. – Wikipédia ("l'année sans été").

Il était rentré bredouille, pauvre hère, dans le Nord, les poches et le ventre vides, honteux, finissant par mendier, voler, violer, la misère lui ayant altéré la raison et fait perdre toute morale, comme une bête dans la survie. Endormi dans un champ contre le flanc chaud d'une vache qu'il venait de téter, Jacques Randel avait été arrêté par les gendarmes pour délit de mendicité.

Il s'en souvient parfaitement et aujourd'hui, elle prend pour lui tout son sens car "pour la première fois, la littérature faisait mention du délit de mendicité, il s'exclame, et c'était en 1887, l'année où la Maison de Nanterre ouvrait ses portes".

La nouvelle *Le Vagabond* avait été publiée dans le recueil intitulé *Le Horla*, du nom de cette fameuse créature qui hante et poursuit le narrateur jusqu'à la folie. Et pour la première fois également, avec *Le Horla*, une fiction relatait un trouble psychiatrique. Son auteur aurait imaginé le mot à partir de hors-la-loi et du *horsain* normand qui désignait celui qui est étranger, comme encore le *foran* provençal, cet autre forain, qui "dépasse au-dehors", en latin, *fors* et *hors* disent le dehors, mais ici on entend aussi "hors" et "là". Le héros se vérifie dans le miroir et ne se reconnaît pas, son reflet lui est étranger. En d'autres occasions, il se voit lui-même en train de marcher ou de vivement se retourner, en proie à la paranoïa, quelqu'un d'autre l'habite, le hante, le suit.

Le petit Achille, lui, le futur architecte, évoluait dans ce même siècle, mais au sein du monde protégé et confortable de la haute bourgeoisie. Son père travaillait dans la finance, sa mère venait d'une famille de décorateurs et de peintres célèbres : les frères Redouté. Henri-Joseph, le cadet, était spécialiste des félins au Muséum d'histoire naturelle avant de participer à l'expédition de Napoléon Bonaparte en Égypte afin de l'illustrer, de reproduire à l'aquarelle tout ce qui l'entourait : les villes, leurs bâtiments et leurs ponts, la faune et la flore, les fêtes, les coutumes et les objets du quotidien. Le second, Pierre-Joseph, avait d'abord suivi à Paris son grand frère Antoine-Ferdinand, peintre décorateur pour les théâtres et les châteaux, avant de partir à Londres apprendre la peinture botanique dans les jardins royaux. De retour à la capitale française, il était devenu maître au Muséum d'histoire naturelle, et lui aussi faisait apparaître sur papier les plantes exotiques que les explorateurs rapportaient du monde entier. Il inventoriait les roses. À l'époque, c'était la fleur des nobles et des reines, on en rapportait des continents lointains, inédites, on les collectionnait, pratiquait la greffe, on inventait de nouvelles espèces, on les chérissait entre toutes. Il fut nommé "peintre du cabinet de la reine", surnommé "le Raphaël des roses", couronné "Prince des roses". On lui doit ces fleurs au bel aspect de son nom, Redouté, charnues, veloutées, délicates. Achille, le petit-neveu, fera carrière, lui, dans l'architecture. La Maison de Nanterre sera son grand projet, sa belle œuvre.

"Mais avant Nanterre, c'était Saint-D'nis", dit Francis avec comme un petit rebond, un saut d'obstacle, un amusement. Il m'avait raconté l'histoire de ce lieu, faisant le lien entre ces deux villes où lui-même avait finalement élu domicile. "Ce vieux dépôt surchargé de prisonniers et de mendiants tombait en ruine, craquait de partout, il fallait le remplacer. Alors le conseil général de la Seine a lancé un grand concours d'architecture pour construire un nouvel établissement de répression. L'objectif était de désengorger Saint-Denis et de proposer *une vision neuve des lieux de réclusion et du traitement de la pauvreté.*" Il reprend cela comme si l'annonce de l'époque lui revenait, comme s'il l'avait lue dans le journal. Achille Hermant était alors inspecteur des services de l'architecture de la ville de Paris. Il avait étudié aux Beaux-Arts en compagnie de Charles Garnier qui donnera son nom au fastueux opéra de Paris, ils y avaient suivi les cours de Guillaume Abel Blouet, un passionné de prisons américaines entre autres panoptiques. "Et c'est donc lui, Achille Hermant, dit-il en désignant la plaque dorée, qui a gagné le concours."

L'emplacement est décidé et douze hectares de terres acquises à la périphérie de Paris, au nord de Nanterre, à la lisière de Colombes, sur des terres à moutons. Quelques fermes ont déjà été expropriées. Le site doit rassembler une prison, un dépôt de mendicité et un hospice, pour accueillir mille hommes et cinq cents femmes, dont ceux du cachot de Saint-Denis, les filles de la prison de Saint-Lazare, les prostituées, les "insoumises" et ceux que la police ramasse chaque soir dans la capitale. Hermant conçoit le lieu selon des plans *en peigne* propres aux structures hospitalières et l'entoure d'une haute muraille. La construction prendra dix ans, coûtera plus cher que prévu, sera sans cesse critiquée.

"Gare ! Gare ! Gare à toi si tu r'gardes !" nous hurle une femme surgissant de nulle part. La stagiaire sursaute en poussant un cri aigu, puis pouffe de rire, la vieille édentée éclate de joie. Mme Boll, prenant un ton particulier, penchant la tête vers elle pour marquer son attention et détachant les syllabes, lui demande si tout va bien, si elle a besoin d'aide, si elle est perdue, et elle lui conseille, en les désignant du doigt, de regagner les locaux appropriés. Puis elle a ce sourire protecteur et dur à nouveau sur le visage. La vieille se rembrunit et se rend, tête baissée, vers l'endroit indiqué.

"Une va-nu-pieds !" s'exclame Francis. Je remarque en effet qu'elle ne porte pas de chaussures et que ses pieds sont noirs. "C'est aberrant, tout de même, dans cette situation que les galoches restent un problème !" il ajoute. Quand on sait que le froid entre dans le corps par les extrémités et que par ailleurs c'est le propre des errants de marcher... me dis-je, comme pour poursuivre sa pensée. Les chaussures. N'est-ce pas ce qui porte tout entier le corps ? Reposant sur le sol, elles l'ancrent, lui donnant force et élan, sans elles, du moins, nous sentons-nous plus vulnérables. Mais les chaussures coûtent cher et celles qu'ils récupèrent ont souvent déjà servi, sont déformées, éculées, la semelle tassée, les bords déchirés, elles font l'affaire pour quelque temps, provisoirement, c'est du temps de gagné sur la ronge, mais elles finissent toujours par céder, craquer, lâchant, comme une descente d'organes, les orteils à nu, patates violettes.

"Et personne ne veut voir ça ! reprend Francis. « Pauvreté n'est pas vice » – seulement les pauvres, comme la saleté, amènent la maladie, ils font peur et les gens n'en veulent pas !"

Nous reprenons notre marche le long des trois pavillons qui les ont autrefois recueillis, aujourd'hui transformé en Ehpad. Au loin, nous entendons la vieille nous invectiver, je tourne la tête pour vérifier, je la vois de dos, allant cahin-caha dans l'allée.

"Ici, c'était l'hospice, dans le temps, dit Francis, ces deux bâtiments-là étaient réservés aux vieillards et aux infirmes. Ils étaient répartis dans huit grandes salles. Ils avaient la chance de pouvoir rester sur place autant qu'ils le souhaitaient, parce que les autres, qui étaient valides, eux, ils finissaient toujours dehors, c'était bien là leur malheur !"

Les autres, c'étaient cette va-nu-pieds par exemple, des errants, vagabonds, clochards, mendiants, sans domicile fixe, chaque époque avait cherché ses mots pour désigner ces étranges silhouettes qui clochaient, titubaient, tendaient la main et n'avaient pas de pied-à-terre, ceux-là, ils revenaient sans cesse dans le giron de la Maison et repartaient sans rien avoir appris.

"C'est à la Renaissance que le tri a commencé à se faire entre les valides et les invalides, explique Francis en levant l'index. Encore faudrait-il regarder de près cette définition mais il faut dire qu'avec les guerres et les maladies, ils proliféraient !"

Pourtant, la monarchie avait déployé les grands moyens : ils étaient pendus, bannis, fouettés, comme on fouettait les fous pour leur faire recouvrer l'esprit, condamnés à être enchaînés deux par deux pour curer les égouts, envoyés aux galères, malheureusement cela semblait sans effet, alors au XVIe siècle, la capitale fut fermée et à chacune de ses portes furent déployés des archers pour les empêcher d'entrer. Ceux qui s'obstinaient étaient rasés, marqués au fer rouge et flagellés en place publique. Cela ne suffisait pas. Un certain Jean Rouet de Rompt-Croissant avait tourné la chose en tous sens et trouvé la solution : les transformer en agents de l'hygiène et de la sécurité en leur donnant pour mission de nettoyer la ville et d'en protéger ses habitants. Cela ne fut pas même essayé. La politique était plutôt au "grand renfermement". Il fallait prendre le problème à bras-le-corps, y voir plus clair, nettoyer, mettre de l'ordre pour commencer, faire le tri donc, car il y avait des bons et des mauvais pauvres, il y avait ceux qui ne pouvaient pas faire autrement : les invalides, et puis les autres : les fainéants. Ceux-là étaient non seulement inutiles mais dangereux pour la communauté car sans dieu pour la plupart, sans roi, sans famille et sans morale, il n'y avait qu'une solution pour eux : les mettre à l'écart et les redresser. Le pouvoir ordonna de les enfermer et proclama de nombreux édits, ordonnancements et règlements. Pour échapper à la réclusion, et trouver refuge dans les maisons de charité qui furent construites pour les infirmes, ils débarquaient les uns après les autres sur les places des églises, exhibant des jambes de bois, des faux moignons, des bandages sanguinolents et des figures éplorées à faire pitié aux passants, c'était la cour des miracles.

Pourtant de l'hospitalité, dit Francis, il en était question dès l'Antiquité. Chez les Grecs, l'Olympe même exigeait que les foyers restent toujours ouverts et accueillants au voyageur, Zeus en personne pouvait y frapper, et s'il trouvait porte close, se venger. Dans les sociétés primitives ou traditionnelles, c'était une loi sacrée, il fallait recevoir l'étranger parce qu'un jour cela pourrait être, non pas Zeus, mais nous-mêmes. Au Moyen Âge chrétien, porter assistance et offrir l'hospitalité étaient des valeurs essentielles et des devoirs à l'égard des pauvres, les œuvres de miséricorde étaient là pour rappeler qu'il en allait de notre salut. Hospitalité est construit du latin *hospitem*, accusatif de *hospes*, proche de *hoste, hostis* qui a donné *hôte* et *hostile*. L'étranger serait donc potentiellement dangereux. En réalité, si l'on suit l'explication de Benveniste, puisque tous à ce propos s'en remettent au grand linguiste, *hostis* dériverait du verbe *hostile*, qui veut dire compenser, donner en retour, établissant ainsi une relation d'égalité. Mais de l'hôte est aussi né l'otage. Longtemps, le mot hôte m'a troublée. Je ne savais jamais dans quel sens l'employer jusqu'à ce que je comprenne qu'il désigne à la fois celui qui accueille et celui qui est accueilli, comme une statuette biface. Au Moyen Âge donc, les indigents étaient d'un côté chassés comme le démon, et de l'autre accueillis en hospitalité.

En 1656, un établissement fut spécifiquement conçu pour eux : l'Hôpital général. Cette structure n'avait rien à voir avec l'hôpital moderne tel que nous le connaissons aujourd'hui, parfois il n'y avait même pas d'infirmerie mais on y trouvait un lit et des repas riches. Les hommes et les femmes étaient séparés. Au cœur siégeait une chapelle. Un édit fut publié pour permettre la fondation de trois maisons dans la capitale : Notre-Dame-de-Pitié, Saint-Denis et Bicêtre. Les indigents avaient désormais leur refuge qui était en réalité une prison : l'année d'après, la mendicité devint officiellement interdite. Devenant hors-la-loi, ils furent arrêtés et enfermés.

"Force est de constater qu'on ne peut donc pas être accueilli sans être maîtrisé", lance Francis. Mme Boll lui sourit.

Ces établissements étaient bondés d'indigents mais aussi d'infirmes, d'orphelins, de prisonniers, de filles-mères, de prostituées, de fous. L'argent manquait grandement ainsi que le personnel, si bien que parfois ils étaient relâchés la journée pour aller mendier leur vie. Quand ils perdaient la raison, et c'était fréquent, ils étaient contenus dans des cellules, sanglés sur des lits, coffrés dans des boîtes comme des cercueils percés d'un hublot (ne jamais perdre de vue la tête de celui qui la perd). La tête mobilisait toute l'attention, sans cesse les crânes étaient rasés, pris comme terrain d'expérimentations, car ce crâne n'avait pas encore été percé, il restait tout entier un mystère et ses débordements effrayaient. Lavements, saignées, sangsues, casques de cuivre, bénédictions et toutes sortes de rites étaient pratiqués pour tenter de les dompter, il fut même un temps où les corps étaient secoués, pas tant pour les remettre dans l'ordre que pour les calmer, soigner la tempête par la tempête. Ou bien est-ce qu'un démon en avait pris possession, il fallait l'en sortir, les aliénés, comme le narrateur victime du *Horla*, ne se reconnaissaient plus dans les miroirs, semblaient appartenir à un autre monde. Il fallait à tout prix leur faire recouvrer l'esprit, aussi les emmenait-on en pèlerinage dans toutes sortes de lieux, devant toutes sortes de tombes ou de fontaines miraculeuses. L'Hôpital général fut considéré comme un succès. Cela ne suffisait pourtant pas à endiguer le problème, comme des mauvaises herbes ils revenaient toujours. De nouvelles mesures furent prises. En 1700, celui qui tendait l'aumône fut à son tour puni, il devait payer une amende de cinquante livres. Puis les expéditions et l'acquisition de colonies offrirent de nouvelles occasions d'éloigner les récalcitrants, ainsi les jeunes, les valides et les prostituées furent-ils déportés en Amérique. La population commença à s'inquiéter de ces enlèvements et la rumeur enfla que Louis XV, rongé par la lèpre, se soignait dans des bains de sang humain. Des émeutes éclatèrent. Mais la chasse ne s'arrêta pas pour autant. Les têtes furent mises à prix (trois livres) et la maréchaussée récompensée. Chaque mendiant était marqué d'un M au fer rouge sur le bras et puni de neuf ans de galère. À partir de 1764, des établissements plus carcéraux furent créés dans le prolongement de l'Hôpital général : les dépôts de mendicité. Les indigents y étaient enfermés et relâchés contre la promesse faite de ne plus mendier. Ces dépôts étaient des cauchemars de saleté et de maltraitance, saturés d'infirmes et d'insensés. Ils disparaîtront avec la Révolution. Mais celle-ci venant encore accentuer la misère, des solutions devaient être apportées. La notion de solidarité et de soin fut remise au cœur du débat. Ce fut la naissance de l'Assistance publique. L'Empire reprit cependant la chasse et décréta le 5 juillet 1808 "la mendicité interdite dans tout le territoire". Ainsi, selon l'article 274 du Code pénal, "toute personne qui aura été trouvée mendiant dans un lieu pour lequel il existera un établissement public organisé afin d'obvier à la mendicité sera punie de trois à six mois d'emprisonnement et sera, après l'expiration de sa peine, conduite au dépôt de mendicité". Cette loi restera en vigueur jusqu'en mars 1994.

La voie publique fut rigoureusement surveillée, contrôlée, seuls quelques métiers avaient le droit d'y être exercés : bateleur, jongleur, chanteur ambulant. Pour cela, une autorisation devait être demandée à la préfecture, il fallait également prouver qu'on était ressortissant français et de bonne vertu. Une permission était alors accordée pour trois mois, avec une médaille portant un numéro. Qu'à cela ne tienne, après blessures et jambes de bois, c'étaient leurs voix qu'ils allaient exhiber et leurs corps contorsionnés puisque c'était encore la seule manière de tendre la main, le spectacle pouvait continuer. Les dépôts de mendicité débordaient. Des bâtiments furent réquisitionnés, comme le château de Villers-Cotterêts fondé par François Ier. Celui de Saint-Denis fut agrandi. De nombreux ateliers furent aménagés dans le but d'éduquer les indigents. Ils besognaient à présent pour la ville. La réinsertion par le travail était en marche.

La Maison de Nanterre est l'héritière de ces lieux, notamment de Saint-Denis. Elle fut construite parce que ce dépôt-là ne tenait plus debout, qu'il devait être rasé et qu'il fallait bien mettre quelque part tous ceux qui s'y trouvaient, et ils étaient nombreux. De "Saint-D'nis", Francis m'avait raconté l'histoire. Il prononçait "Saint-D'nis" et l'employait directement pour désigner le dépôt, avec une drôle d'évidence et cette familiarité qu'on pourrait avoir pour un ancêtre qu'on a bien connu.

"Au départ... Alors au départ, encore avant Saint-D'nis, il y avait juste deux ruisseaux, m'avait-il expliqué, le Merdret et le Croult."

Le ru Montfort, un affluent de la Seine, était un des seuls à couler naturellement sur ce territoire. Il charriait non sans difficulté les eaux usées, et c'est pourquoi les habitants l'avaient nommé le Merdret. Le Croult, lui, avait été dérivé et contraint, canalisé par les Carolingiens pour les besoins d'un monastère. En amont, trois petits cours d'eau venaient le soutenir et lui faisaient prendre un peu d'allure. (Je m'autoriserai à suivre les chevelures liquides... M'intéresserai aux tracés de ces deux-là, puis dézoomerai pour prendre la mesure de l'ensemble, pour voir du ciel ces réseaux de cours d'eau qui se divisent en bras, qui se disjoignent en doigts, qui se multiplient ainsi en un nombre d'entrées extraordinaires, et filent et s'affinent jusqu'à disparaître, s'apparentant à un système nerveux, ou veineux, qui irrigue un corps. Sur les cartes du géographe Hongrois Robert Szucs qu'on trouve dans la revue *Sciences et Avenir* que je lis chez mon médecin, la France ressemble à un assemblage de feuilles de chou, bombées, se déployant autour de veines plus ou moins grosses qui irriguent la feuille. Le fleuve d'abord, comme une colonne vertébrale, axe central, semble jeter de tous côtés ses rivières, ruisseaux, rus, lignes de fuite... Sur ces cartes, le fleuve semble aspirer la mer à son embouchure comme on prend de l'air pour s'oxygéner le corps, pour l'irriguer, mais pourtant, des cours d'eau, il en est, en réalité, tout le contraire puisqu'on sait qu'ils naissent d'une source dans la terre et filent ensuite, en rejoignent d'autres jusqu'aux océans et non l'inverse – il n'y a bien que le saumon pour remonter le courant. Le fleuve ne s'effiloche pas, il rassemble, et tous ainsi ne faisant qu'un – parfois il arrive que deux rivières cohabitent, se superposent sans se mélanger comme deux êtres distincts se mouvant dans une même enveloppe –, tous ainsi dévalent les pentes pour se retrouver dans le même giron, le grand bassin océanique. Le fleuve est le chemin que l'eau prend pour rejoindre l'océan. Il me faudrait faire quelques recherches sur la circulation de l'eau sur terre.)

Là où le Merdret et le Croult se rencontraient, le courant de ces fils d'eau, pourtant aigrelets, suffisait au XVIIe siècle à faire tourner les roues, les hélices des moulins. Ce n'étaient pas ces hautes tours aux toits pointus et aux grandes ailes, aux murmures du blé moulu en farine, mais plutôt des maisons munies d'un système mécanique que le courant faisait fonctionner et qui servait à fouler des draps dans le ruisseau, c'est-à-dire les battre pour qu'ils deviennent tendres. Des tanneries s'étaient donc installées le long des rives pour travailler le cuir, les peaux de chevaux ou de bœufs hongrois. L'une d'elles, plus grande que les autres, peut-être même fut-elle royale, disait Francis, aurait servi à produire de la teinture écarlate. Elle fut réquisitionnée en maison de répression, puis de mendicité, elle aurait même accueilli à une époque des soldats atteints de maladies vénériennes. Elle servait autant de dépôt que d'hôpital ou de prison. Un riche industriel suisse possédant la peausserie d'en face aurait racheté l'établissement, les murs et la chute d'eau, et ouvert une grande manufacture de toiles imprimées, mettant les prisonniers et les indigents qui s'y trouvaient à la besogne. 1797. Sur les petites pentes sablonneuses et humides, les enfants jouaient accroupis des heures durant avec les filaments de rouge cochenille qui s'étiraient entre les cailloux. Ayant le sens du drame, ils aimaient se faire croire que c'était le sang d'un crime horrible qu'un de ces monstres, gardé derrière ces murs, avait commis. Parfois aussi, ils récupéraient des restes de poils de bêtes que le courant avait déposés là, du crin arraché au cuir qu'ils ajoutaient le soir à leurs trésors ou se mettaient sur la tête pour rigoler.

Peut-être était-il imprimé ici de la toile de Jouy, ces tapisseries alors en vogue, formées de médaillons, monochromes verts, bleus, roses ou aubergine, représentant des scènes de la vie pastorale, des bergers, des bergères et des moutons, des scènes de chasse, des tableaux de la mythologie, des évocations de l'Orient... (La toile de Jouy s'est développée le long d'une autre rivière, la Bièvre, plus robuste celle-là, qui a pourtant fini enterrée sous la ville et qu'aujourd'hui la maire de Paris cherche à restaurer, à faire renaître, par tronçons et plaques commémoratives.) La toile de Jouy et les roses Redouté étaient de ces impressions gracieuses, douces, qui rassuraient comme une madeleine, au temps du luxe des colonies. Car c'est l'époque des premiers comptoirs et de la femme à barbe, l'époque des villégiatures, quand les bourgeois de la capitale se sauvaient le dimanche pour prendre un bol d'air à Nanterre... La maison de répression n'était pas encore construite, parce qu'ensuite, faire un voyage à Nanterre signifiera la prison et le bol de soupe, et pour les parties de campagne, il faudra aller voir ailleurs.

Pour l'heure, c'était le bouillon de "Saint-D'nis" dans lequel les prisonniers et les indigents croupissaient. L'industriel suisse avait donc fait l'acquisition de cette grande tannerie pour développer la toile imprimée, et dans ces différents bâtiments rassemblés autour d'une cour trapézoïdale formant comme un grand corps de ferme avec de hauts murs, des miséreux étaient parqués et employés à travailler, ils pouvaient rester là jusqu'à la fin de leur vie, à éplucher la laine, à la filer, et ça leur occupait les mains, aux égarés, disait Francis, avant de se mettre à chantonner :

"Des « traîniers », qu'on les appelait ! Qui ne veulent pas travailler, qui ne font que traîner... Ils tendent la main ou ils la forcent. Des voleurs ! Qui pillent, qui incendient, des noceurs alcoolos, sans aveu, qui n'appartiennent à rien ni personne, pas de maître, pas de communauté, pas de famille, rien ! On pouvait pas les laisser traîner quand même, errer, les gens avaient peur ! Fallait bien ranger tout ça quelque part !"

À leur arrivée, ils étaient déshabillés, tondus, lavés et astreints à un emploi. Les vieux et les invalides triaient les chiffons, les autres fabriquaient de la corde. Les femmes et les hommes étaient séparés, les dortoirs surchargés, les enfants logeaient avec les femmes. La distribution de soupe se faisait dans la cour, où chacun venait tendre son écuelle. Cette cour était traversée par le Croult qui charriait les résidus toxiques des manufactures, un égout à ciel ouvert qui stagnait et empestait. Mais chacun avait droit à un bout de matelas et à une couverture, à la soupe et au pain, à un emploi et à une sépulture. Saint-Denis devint vite, malgré quelques rénovations, un cachot humide, gelé en hiver, suffocant de chaleur en été. Le bâti était extrêmement vétuste, fait de rapiècements qui ne tenaient qu'à l'aide d'étais et de cales bringuebalantes, sous des plafonds trop bas ou trop hauts, des niveaux d'aucuns les mêmes, des caves aveugles, une circulation aussi impossible que dans un bateau en pleine tempête, celui-ci était déjà une épave. Saint-Denis a même été comparé à la léproserie de Damas. Tapies dans l'ombre, des têtes apparaissaient, bonnes à mettre en bocaux, pour être exposées dans la salle des monstres d'un muséum d'histoire naturelle, disait-on[*]. Les pluies torrentielles de 1855 ont bien failli venir à bout du bâtiment et l'effondrer tout à fait. À Villers-Cotterêts, dans l'ancien château de François Ier, les hébergés avaient meilleure mine, étaient moins atteints, c'étaient principalement des vieux qui venaient finir leurs jours ici. Pareillement ça triait des loques, effilochait du linge. Mais il n'y avait pas de place pour accueillir ceux de Saint-Denis. À partir de 1869, la préfecture

---

[*] Maxime Du Camp, auteur, photographe et voyageur du XIXe siècle, "La mendicité à Paris", *Revue des Deux Mondes*.

de la Seine demanda donc à la préfecture de police d'assainir la question en préparant un projet d'établissement pénitentiaire. Des sols furent repérés à Nanterre. Le concours d'architecture fut lancé.

"Et quand la Maison de Nanterre est sortie de terre, dit Francis, ils ont vidé les lieux. Tous ceux qui étaient là, entassés dans les cabanons, disons aux oubliettes, c'était direction Nanterre. Alors je crois bien qu'ils ont fait ça de nuit, à pied peut-être pas quand même, bon à l'époque y avait plus les chaînes et les boulets mais enfin ça faisait une trotte quand même, ils ne devaient pas être en pleine santé. Alors c'est marrant pourtant parce que moi, j'ai toujours imaginé ça comme ça, comme un convoi, une procession, six cents prisonniers, mendiants, errants, d'un autre temps, sortant de terre et marchant, en file indienne dans l'obscurité, les yeux plissés n'ayant plus l'habitude de la lumière, et progressant, lentement et en silence, jusqu'à Nanterre."

Et puis Saint-Denis a été rasé. Le Merdret et le Croult, comme deux maigres bras, ont fini par disparaître, comblés si on peut dire. On en retrouve encore des bouts, des filets dans le paysage. Le dépôt de "Saint-D'nis" est aujourd'hui enfoui sous la halle du marché, entre les rues Gabriel-Péri, Jules-Joffrin et Auguste-Blanqui, à quelques pas du commissariat où Francis se rend chaque nuit quand elle tombe.

Ayant lu quelque part que Saint-Denis avait été, en réalité, une prison pour femmes, un doute persiste que
je ne parviens pas à démêler, il faut peut-être que j'en
revoie l'histoire. Il me manque à coup sûr beaucoup
d'éléments, mais j'imagine aussi que c'est comme pour
la Maison de Nanterre, tant d'époques l'ont traversée,
Francis m'avait mise sur la voie, Mme Boll conseillé
cette fameuse brochure, je m'étais également engouf-
frée et un peu perdue dans les archives et les ouvrages
anciens, il y avait tant de documents, plus je m'y plon-
geais, plus elle m'échappait. C'était un lieu qui abritait
plusieurs lieux tout comme Saint-Denis où sans doute,
à une époque, seules des prisonnières avaient purgé là
leur peine. Quoi qu'il en soit, j'ai lu et entendu qu'on
trouvait tous les âges à Saint-Denis, et des vieillards et
des hommes, et des femmes et des bébés, certains me
l'ont affirmé sans émettre aucun doute, mais il était
possible de lire une autre histoire, peut-être aussi que
l'endroit avait suffisamment tordu les corps et les voix
pour qu'on ne puisse y reconnaître ni sexe ni âge. Et
puis l'heure fut venue de sortir pour gagner un autre

refuge, alors ces êtres hâves, plissés jusqu'aux yeux, remontèrent à la surface, pour marcher, suivant comme des somnambules un chemin semblant tout tracé jusqu'à la Maison de Nanterre qui ouvrait, "majestueuse et baignée de soleil", disait Francis. Ils auraient presque pu flancher arrivés là, asphyxiés par tant d'hygiène et le trop-plein d'oxygène, et puis cette lumière...

Derrière l'épaisse et haute enceinte qui se dressait au lieu-dit la Nouvelle-France, en se hissant sur la pointe des pieds à la fenêtre des dortoirs, on pouvait encore voir la campagne autour, les champs, la Seine, le chemin de halage, la route, la ligne de chemin de fer Bezons-Colombes, et l'enclos du cimetière (tout était prêt). La Maison avait été bâtie loin des centres et des habitations, à la lisière de deux communes, Nanterre et Colombes, car personne ne voulait du monstre. Le projet devait voir le jour aux Presles, plus proche du centre-ville, mais la population s'étant révoltée, le site avait été déporté sur un no man's land, un "terrain maudit" écrivaient les journaux de l'époque, au milieu de rien, des champs plats, nus et infertiles, qui portaient les noms de Hautes Pâtures, Bois Beaudouin, Canibouts, des terrains marécageux étendus entre la route de Saint-Denis et le chemin de Bezons. Il était important pour l'administration préfectorale que cette maison de répression, située loin des habitations, se trouve pour des raisons pratiques près d'une gare et d'une grande route.

C'était donc, initialement, un pré pour les moutons, tout bêtement, cela faisait rire Francis, il n'y avait qu'à suivre le mouvement, disait-il, puisque c'est ce qu'on leur demandait ! Ils entraient par le sud, par le portail en fer forgé, sous les arcades, pour faire face ensuite à une seconde muraille qui s'élevait devant eux, plus sévère encore que la première : l'administration. On sait que l'administration impressionne le peuple. Ils étaient aussitôt amenés aux vestiaires puis aux douches pour être désinfectés, tondus, rasés, et revêtus de l'habit de la Maison : vêtement de droguet et sabots. Toujours le même protocole. Et cela va perdurer. La chasse, le nettoyage. Dans les années 1980 encore, les clochards sont récupérés et emmenés à Nanterre :

"Alors c'étaient les bleus à l'époque qui passaient dans Paris, la Bapsa, moi c'est ce que j'ai connu, la Brigade d'assistance aux sans-abris, qui ramassait et ramenait ici tout ce qui gênait, elle curait la ville en quelque sorte, elle la purgeait. Faut dire le mot finalement c'étaient des rafles, mais y en avait beaucoup, un tiers peut-être, qui attendaient le car, moi-même je me faisais passer pour un clochard, un petit groupe notamment qui venait alors là vraiment tous les soirs, et puis des bandes. Ah il y en avait des règlements de comptes ! C'étaient quand même des clodos hein, ils étaient altérés ! Des fadas ! Fêlés ! Des regards impossibles !"

Pas question de les laisser errer dans les rues de la capitale ceux-là, tandis que dans le confort de nos chambres il nous faut lâcher prise et nous abandonner à la nuit. Pas question de laisser ces "fêlés", qui eux ne dorment pas, ivres ou drogués sans doute, manigancer des vols, des effractions, des viols, il ne faut pas livrer la ville à leurs mains terribles et toujours prêtes à étrangler, cogner, soutirer quelque chose, rouler dans la farine, leurs mains au langage et à la geste sauvage. Il faut, la nuit au moins, les arrêter, les contrôler, les boucler en lieu sûr, nous éviter l'insomnie.

Tandis que nous marchons dans l'ombre de la grande infirmerie, Francis se rappelle les années 1970-1980 : "Dehors, il y avait ceux qui attendaient le car mais il y avait aussi ceux qui le redoutaient." Pour ceux-là, la violence qui leur tombait dessus les révoltait. C'était comme dans les camps, certains disaient. Parfois des parents ou des grands-parents y étaient morts. Le traumatisme de la Seconde Guerre mondiale n'était pas si loin, quelques années. D'ailleurs, quand ils y pensaient, derrière ces murs d'enceinte, ce lieu ressemblait étrangement à un établissement de bain, des thermes, cela avait été dit, une ville dans la ville où il ferait bon enfin se reposer, se faire soigner, et de la même manière, ils se souvenaient avoir entendu ça quelque part, était-ce à l'école ou dans la bouche des revenants, que les Allemands faisaient ainsi miroiter aux Juifs un ailleurs vivable, un havre paisible. Ils partiraient en train le lendemain pour rejoindre ces villes promises, ces jardins, ces sanatoriums qui étaient des camps.

Francis se souvient encore du car et de l'arrivée à Nanterre : le véhicule déchargeait des hommes et des femmes de tous les âges et de toutes les tailles qui tâchaient tant bien que mal de tenir debout dans la cour, parfois s'écroulant sur les pavés, se laissant tomber à l'arrivée dans la lumière blafarde des phares braqués comme des projecteurs ou dans l'auréole orange des réverbères. La nuit était tantôt froide et silencieuse, tantôt chaude et poisseuse. Certains exagéraient, tombaient en râlant, les quatre fers en l'air, se relevaient au garde-à-vous avec force comique. Et il en sortait toujours, ça n'en finissait pas ce flot, gros fleuve boueux, charriant ce qu'il y avait de plus hétéroclite et qui se déversait du car dans une chorégraphie improbable, comme un seul grand corps aux membres disparates : un homme aux cheveux gris, moustachu, couperosé, pupilles dilatées, regard béat, une femme, bouche abîmée, baveuse et la peau piquée, un jeune, vif celui-ci, grand et maigre, cheveux filasse et visage pâle, imberbe, sautillant comme un cabri quand l'autre ne cessait de tomber, se relevant et sitôt disparaissant comme emporté par le courant, englouti par l'océan de corps, puis c'était le bras qui remontait et puis la tête encore, en vain, et le bras, têtu comme celui d'un noyé, avant de se laisser aspirer par les rouleaux avec la douceur et l'inconscience du bébé qu'on berce, et puis la main se tendait à nouveau vers le ciel. Des sursauts de chutes en réveillaient plus d'un. Et lui l'enflé, vermillon comme un ballon de baudruche prêt à éclater. Lui, le sexe à l'air et elle, derrière, petite énervée, aux yeux hagards et dreadlocks, dressée pour passer une tête, pour voir devant mais rien devant sinon le troupeau descendant, déchargé du car et attendant dans la cour.

Chaque fois qu'on se documente sur la Maison, on retombe sur les mêmes listes auxquelles je n'échappe pas : les descriptions de phénomènes qui se déversent avec une certaine jouissance sur la page. Le car était ensuite désinfecté, tandis qu'ils avançaient tant bien que mal, en se poussant et en rouspétant, comme une escadrille soûle, jusqu'à l'entrée du dépôt où des guichets d'accueil les recevaient. Ils devaient y décliner leur identité mais la plupart n'avaient pas de nom, ou bien ils s'appelaient tous Georges Pompidou, Pétain, et plus tard Jacques Chirac. L'un arrivait de l'est, l'autre gardait dans son poing serré un trésor trouvé, l'une avait des touffes de cheveux dans la bouche et l'autre entonnait un *canto* italien. On leur donnait un numéro de matricule. Au bureau des admissions, il fallait déposer sur le comptoir tout ce qu'on avait sur soi, dans les poches, objets, bouteilles, même le trois fois rien, puis aux vestiaires se déshabiller, quitter ses hardes qui restaient parfois collées à la peau, qui parfois tenaient toutes seules comme du carton, s'en défaire et les remettre à qui de droit pour qu'elles soient lavées, étuvées, puis aller nu sur le sol gelé se laver. Voir l'état des corps. Certains encore se laissaient glisser sur le carrelage blanc, se recroquevillaient sous le balai-brosse d'un auxiliaire. Il fallait ensuite enfiler l'uniforme raide, trop grand ou trop petit, chausser les lourds sabots, et tous ensemble suivre les couloirs jusqu'aux réfectoires.

"J'ai rencontré une fois un jeune qui venait d'arriver et qui demandait à voir la réinsertion sociale, ah il était dégoûté ! Parce qu'on rassemblait ici des clodos, des voleurs, des marginaux, il disait « L'endroit me nuit ! ». Le modèle organisationnel me plaisait, moi, mais c'est vrai que c'était quand même... Je me rappelle une femme qui hurlait «Mais regardez-les ! Regardez-les ! ». Elle avait les joues écarlates et tout le temps aux bras cette poupée qui lui ressemblait, et qu'elle pouponnait, «Vous êtes des cochons ! elle criait à tous, vous êtes des cochons ! ». Ah oui c'était pas idéal c'est sûr ! Mais fallait les voir, ils étaient en pleine forme ici ! Parce que l'hiver, dehors, avec le froid, et puis l'été parce que c'est pas ce qu'on croit ! Enfin moi, les saisons... Mais l'hiver on le sent passer, moi devant le commissariat..."

Encore aujourd'hui, le modèle organisationnel plaît à Francis. Parqués comme des enfants dans une cour de récréation, ils ne se baladaient pas comme ça dans les couloirs. C'était carcéral de toute façon, structuré par un règlement intérieur précis, des horaires, des obligations. Pour les repas par exemple, ils devaient se ranger, attendre le coup de sifflet inaugurant l'entrée dans le réfectoire, puis attendre le suivant pour commencer à manger. Et pendant qu'ils avalaient, la tête dans l'assiette creuse, leur soupe à grandes lampées et leur quignon de pain trempé dedans, un haut-parleur annonçait le matricule de ceux qui avaient reçu du courrier. Francis se rappelle la voix qui égrenait des numéros et des bouches qui mâchaient, bouche aspirant bruyamment la cuillerée, menton dégoulinant du gras de bouillon, édentée fermant son clapet, une autre enfournant, une autre encore s'ouvrant grand pour rigoler, avec sa langue molle et ses yeux brillants, la tête renversée en arrière. Puis ils se rendaient au dortoir, et l'on n'entendait plus rien que les pas des uns dans ceux des autres et le froissement des uniformes comme des soldats pendant la Première ou la Seconde guerre, avec la fatigue des petites nuits et l'adrénaline qui ne retombe jamais vraiment, ils suivaient comme un seul corps, anonyme.

"La première fois que je suis entré dans le dortoir des arrivants, il faisait nuit, enfin la lampe était déjà éteinte, je me suis couché sur un lit... La première fois que j'y ai passé la nuit, alors là c'était féerique. C'était en septembre."

Le lendemain matin il avait suivi les autres, avec leurs sabots, dans les couloirs, les coursives qui menaient aux cellules, et là il avait découvert le bloc 45. Où ils allaient boire le café, dans le réfectoire avec les murs peints en marron, les tables bien alignées.

"Ah elles en avaient vu passer ! il s'esclaffe, elles étaient marquées, avec des initiales, des noms, fallait voir ! Tout était tordu, les cuillères, y avait pas de couteaux !"

C'était le dernier bloc carcéral qu'il restait, le plus ancien. 45 parce que ceux qui étaient arrêtés pour mendicité, selon la loi de 1808, étaient enfermés et forcés de travailler quarante-cinq jours pour la prison. Quand ils sortaient, ils avaient droit à un louis d'or.

"Ils étaient habillés en marron ceux-là, comme les murs ! Comme les punis ! Et pas le droit au vin non plus !"

Pour Francis, c'était féerique. Féerique : ce qui est produit par la puissance des fées, qui appartient aux fées, du latin *fata*, dérivé de *fatum* qui veut dire destin.

Au siège de la RATP, Francis organise les box. Open space à parois modulables, selon les réunions, projets, présentations, l'espace doit être organisé en fonction, grâce à des panneaux acoustiques, opaques, ou transparents selon les besoins. Ensuite, il consigne sans doute dans son ordinateur l'attribution des espaces aux salariés. De son bureau, il trace des plans, suivant les besoins, croise des lignes, horizontales, verticales, au sein d'une architecture en partie préétablie et comportant, à chaque niveau, des entrées et des sorties, des ascenseurs, des WC, un espace commun, un escalier de service et un de secours. Il peut passer des journées devant un tel casse-tête avant de trouver une solution imparfaite mais réalisable, cette recherche pouvant aller jusqu'à lui donner des migraines, des colères ou des abattements, il s'oblige à y mettre un terme et à faire valider la combinaison, en l'état, auprès de sa hiérarchie. Les plans en fonction sont affichés dans son bureau. Celui-ci est également constitué de panneaux amovibles, acoustiques, gris, aux surfaces granuleuses, légèrement brillantes, la matière est froide. La matière froide et grise repose ses sens.

Son bureau, il l'a conçu, par défaut, après avoir pris en compte toutes les contraintes. En général, les modifications ont lieu tous les mois. Il est cependant rare qu'une recomposition totale d'un étage ait lieu. Cela se produit lorsque des gros projets sont en cours, lors d'un plan de départ, d'un audit, ou, au contraire, d'une arrivée massive d'employés ou de stagiaires recrutés spécifiquement sur une opération, par exemple le prolongement de certaines lignes en vue du Grand Paris. Les espaces vides, la plupart du temps, sont immédiatement réinvestis, aménagés. Mais ce n'est pas systématique. Par exemple, Francis partageait jusqu'ici son bureau avec un employé dont le travail consistait à communiquer les plannings aux salariés de l'entreprise. Ce collègue, après un démêlé avec la police qui le suspectait de terrorisme, n'est plus jamais revenu, m'a révélé Francis. Pour ce qu'il en sait, l'homme n'a pas été prudent, on ne lui a pas fait de cadeau. Depuis, la place est vide. Rien n'a encore été décidé concernant son poste et cet espace vacant. Pour l'instant, aucune modification n'est envisagée au niveau du bureau. Francis travaille donc avec, en face de lui, la même table métallique à tiroirs, ordinateur, dossiers, papeterie, fouillis, fauteuil, le même, mais vide. Il trace des lignes à la main d'abord, dresse un inventaire des besoins, en personnel, en tables, en chaises, fauteuils, éventuellement tableaux, écrans, petit buffet, café, thé, viennoiseries. La bonbonne d'eau et la machine à café se trouvent dans les espaces communs, à côté des ascenseurs. Il formalise le plan à l'ordinateur. Sur l'écran, les lignes sont droites, précises, à l'échelle, parfois elles s'arrêtent, nettes, au profit d'un vide, créant l'ouverture d'un espace vers un autre. Une fois les demandes absorbées et le plan correct, il transmet à la hiérarchie, puis, la proposition approuvée, établit les registres qu'il imprime sur des étiquettes cartonnées. Il les empile sur son bureau, par étages et suivant le tracé des couloirs, cela lui permet d'être efficace et de ne pas se tromper lors de la distribution. Sur chaque porte, enfin, il glisse le bristol approprié dans la fente transparente prévue à cet effet.

Cela, c'est ce que j'aimais croire avant de me renseigner sur le détail de son activité. Lui qui justement se trouve dans l'incapacité d'ordonner les choses les plus banales, je rêvais qu'il réussisse à concevoir des plans en prenant en compte une somme de contraintes, rendant l'affaire aussi labyrinthique qu'un casse-tête. En réalité, il n'intervient qu'en fin de parcours, pour placarder les bristols sur les portes des bureaux. Il a été diagnostiqué Asperger il y a sept ans et reconnu depuis travailleur handicapé. Cette occupation ne remplit pas son temps plein, c'est pourquoi il passe le reste de sa journée à écrire des lettres à des assistantes sociales, des avocats, des juristes, des élus, pour expliquer sa demande si spéciale, défendre son point de vue, et puis il effectue des recherches sur internet. Ainsi il a appris récemment qu'on ne disait plus syndrome d'Asperger parce que Hans Asperger était un nazi. On dit "trouble du spectre de l'autisme", ou TSA, parce que ce psychiatre autrichien avait jugé bon de trier les autistes : il les envoyait pour la plupart dans les camps, mais certains, avait-il remarqué, étaient d'une intelligence spectaculaire et se souvenaient de tout, alors ceux-là, qu'il surnommait "les petits professeurs", il les mettait de côté, il les sauvait.

Francis, Mme Boll, sa stagiaire et moi, marchons dans la longue galerie, ancienne coursive ouverte sur le jardin, réveillés voire agressés soudain par une fresque cubiste aux couleurs primaires qui bariole le mur d'un bout à l'autre. De cette œuvre, Mme Boll se montre très fière. On ne croise personne, seulement quelques silhouettes, au loin, qui traversent parfois le couloir, passant sans doute d'un service à l'autre.

"Cette ligne blanche que nous suivons…", dit Francis – à cause de cette peinture murale, je n'avais pas repéré que nous marchions depuis un moment le long d'une bande blanche collée au sol en guise de chemin – "… me rappelle Temple Grandin et ses vaches !" Il nous regarde toutes les trois : "Ah vous ne connaissez pas Temple Grandin ? Il faut lire ses livres. C'est la première autiste Asperger à avoir tenté d'expliquer son fonctionnement. Elle a remarqué que les autistes captent des détails que les autres ne voient pas, alors elle, elle a repéré que les vaches étaient stressées, qu'elles s'arrêtaient de meugler notamment, quand elles devaient suivre comme ça une ligne blanche, ça indiquait le chemin de l'abattoir mais ça les bêtes ne pouvaient pas le savoir, alors c'est marrant de voir ça !"

Temple Grandin est une sorte de cow-girl qui a écrit son histoire d'autiste, décrit la manière dont le monde lui parvient et comment son cerveau réagit. Elle est docteure à la Colorado State University, spécialiste en science des animaux domestiques, et donne régulièrement des conférences sur l'autisme et sur les abattoirs. J'avais déjà visionné une de ces interventions dans laquelle, marchant les yeux vissés à son portable et lisant d'une voix monocorde, elle expliquait qu'elle pensait en images et non pas en mots et qu'en cela elle se sentait proche des animaux, notamment des chevaux auprès desquels elle avait grandi. Dans le ranch de sa tante, en Arizona, les vaches à leur tour l'avaient passionnée. Passant tout son temps à leur côté, les soignant, les nourrissant et entretenant leur enclos, elle avait repéré qu'un son, une ombre ou un reflet pouvaient les perturber, qu'un chemin courbe les rendait craintives, elle s'était alors mise à bricoler, arranger, à réfléchir au bien-être des bêtes. Elle avait aussi remarqué que le travail à ferrer qui les immobilisait, pour les vacciner notamment, les détendait. Elle avait testé sur elle-même la machine et en avait immédiatement éprouvé une sensation de calme. Elle y revenait donc chaque fois qu'elle en avait besoin puis s'était construit une sorte de boîte de contention qu'elle pouvait contrôler pour exercer une plus ou moins grande pression sur son corps. Elle commercialisa cette *hug machine* pour aider les autistes et les personnes hypersensibles.

"Où mène cette ligne ? je demande.

— C'est une sorte de repère, répond Mme Boll, il y en a dans chaque bâtiment, la couleur change suivant le service. Nous sommes ici dans la galerie sociale."

Francis s'arrête d'un coup, puis retourne sur ses pas en direction de la grande infirmerie.

"Je n'ai pas vu le bâtiment des bains... Il y avait les bains autrefois là-bas, il fallait traverser ce grand couloir.

— La galerie sociale aujourd'hui, précise Mme Boll.

— La galerie sociale... répète Francis, mais son esprit est ailleurs. On passait par là en hiver je me souviens, on n'avait pas chaud, et par l'extérieur en été." Il marque un temps, réfléchit. "J'étais affecté au bain à l'époque. C'était là-bas je me rappelle, je nettoyais les arrivants avec un balai-brosse. J'avais vingt-deux ans. La première fois au centre de réinsertion sociale de la Maison de Nanterre, je n'avais pas osé leur expliquer ce que je voulais vraiment, la première fois c'était pas évident, comme en plus j'étais jeune... Du coup ils m'avaient mis au bain. Ils essayaient de me motiver mais... Le piège de l'intentionnalité. La réinsertion. Comme on dit, l'enfer est pavé de bonnes intentions ! Et ça pour moi c'était problématique parce que ce que je recherchais, c'était pas du provisoire, c'était pour du long terme. Du coup j'étais retourné les voir pour exprimer ce dont j'avais vraiment besoin et leur expliquer enfin... qu'ils faisaient complètement fausse route. Un échec... Ils ne voulaient rien entendre, c'était pas dans les idéaux disons, alors ça a été une catastrophe pour moi. J'étais épuisé. Après, j'ai été lessiveur, laver les murs, partout dans les salles, les couloirs, on astiquait les peintures. Il y avait pas l'dé-corum, il dit en désignant du menton la grande fresque murale. C'était basique, fallait que ça soit pratique, propre ! Mais le bâtiment des bains, on ne l'a pas vu...", il répète.

Mme Boll fronce les sourcils, désigne vaguement l'unité d'alcoologie et le service de gériatrie un peu plus loin.

"Et le théâtre ? je demande.

— Il n'y a pas de théâtre !" répond-elle cette fois plus franchement.

J'invoque les souvenirs de Francis, les photographies.

"Il me semble qu'il se trouvait également là-bas." Francis confirme qu'il y avait bien des bains et puis une salle des fêtes en forme d'étoile. "Peut-être qu'elle a été détruite", répond Mme Boll un peu désemparée.

J'ai le sentiment que ce n'est pas le cas. Soit elle ignore l'existence de ce lieu, ce qui me paraît improbable vu son poste, mais après tout, ne m'avait-elle pas précisé avant la visite qu'elle était arrivée depuis peu, soit elle ne veut pas nous y emmener pour des raisons de sécurité (cela demanderait de recourir à un agent pour qu'il nous accompagne ou nous donne l'autorisation d'entrer).

Sur l'ensemble du site, en effet, ce sont des étages et des bâtiments entiers qui sont maintenant désaffectés, condamnés. Ils sont pour l'instant encore debout, dressés avec l'austérité des grands fantômes qui restent là pour témoigner. Les bulldozers ne tarderont pas à les casser, les lieux seront vidés, rasés, aplanis, et des logements reconstruits. La capitale ne cesse de se développer, il faut répondre à l'appel du Grand Paris, nous explique Mme Boll. Le paysage qui entoure aujourd'hui la Maison déploie des routes et des immeubles, des bâtiments, on va vite, on ne passe pas son temps à marcher avec les souvenirs à travers champs. Bientôt, certains édifices, ce fameux théâtre peut-être, les bains, ou la buanderie par exemple (ce qu'il en reste), seront détruits. Leurs murs gigantesques aux toits troués de jour s'effritent déjà, les carreaux de faïence blanche qui les recouvrent brillent encore, les restes muets d'anciennes machines rappellent par endroits l'activité humaine, sinon les pigeons et le vent sifflent froidement, figurent la désertion, l'abandon des lieux, le début des ruines, la grande solitude. Parfois un Fenwick y circule, qui se débarrasse ici de ses charges.

Tandis que je travaillais à l'élaboration de ce texte et que je ne savais nullement où cela allait me mener, j'avais obtenu une résidence dans un petit lieu qui portait le nom allemand de Jetzt. On y faisait principalement du théâtre dans la limite de ce que les murs de cet ancien salon de coiffure pouvaient contenir, j'avais l'impression qu'il me rapprochait de la famille de Francis, du salon de coiffure de son enfance. J'y tenais un atelier d'écriture autour du portrait. Les participants venaient d'horizons différents et j'aimais le mélange de calme et de vivacité dans lequel nous échangions des textes, des idées, des tentatives d'explorations, le samedi après-midi. J'étais tombée par hasard sur le programme d'un festival de films documentaires dont le sujet était justement le portrait et qui se déroulait dans la ville d'à côté. J'avais bondi sur l'occasion pour leur proposer d'y aller ensemble. L'emploi du temps de chacun ne nous avait pas vraiment permis de choisir, mais avait eu le mérite de décider pour nous : nous irions voir le film de Michelle Porte : *La Maison de Jean-Pierre Raynaud*.

Je ne connaissais nullement cette histoire. Jean-Pierre Raynaud a été jardinier avant d'être plasticien. Il

expose par exemple des pots remplis de ciment. Une
œuvre d'art est pour lui un autoportrait. En 1969, il a
trente ans, il construit une maison avec sa femme à La
Celle-Saint-Cloud, en banlieue parisienne. Il découvre
très vite qu'un habitat disons ordinaire ne lui convient
pas. Il divorce puis détruit la maison, reconstruit une
sorte de blockhaus. Il en recouvre chaque surface de
petits carreaux blancs de 15 × 15 cm, comme ceux qui
tapissent les murs de l'ancienne laverie buanderie de la
Maison de Nanterre ainsi que le local qui accueille les
SDF, les cuisines, l'infirmerie, les blocs opératoires...
Cette céramique hygiénique, on la retrouve presque toujours dans les sanitaires publics, les bains, les hôpitaux,
les morgues, dans le métro aussi, elle représente pour lui
le matériau du XXe siècle par excellence. Cette faïence
blanche et brillante encadrée de joints noirs constitue
un certain ordre, une propreté rassurante, il se sent en
vie au contact de cet espace froid, clinique, c'est aussi
pour lui une façon de s'approprier une histoire commune. Il ferme ensuite les ouvertures de sa maison, n'en
garde que de fines meurtrières, peint les murs extérieurs
en kaki, installe un filet de sécurité et des projecteurs. Il
s'y enferme. Puis ne cesse d'y travailler, ne conçoit pas
de plan, ne sait pas ou ne prend pas le temps de projeter,
fait confiance à la fatigue, il transforme la maison la nuit
et la redécouvre au matin. Il n'y a pas de salle de bains
sinon une douche pour se laver et pas de cuisine. C'est un
espace dédié à la beauté, à la lumière. Cette dernière
frappe les carreaux avec une violence aveugle, se déporte,
se reflète jusqu'à l'épuisement, jusqu'à rendre concrète
la matière du rêve. Lorsqu'après plusieurs métamorphoses

la maison lui semble terminée, parfaite et figée, il la détruit. En 1993, il casse donc les murs carrelés, à coups de masse d'abord, puis termine avec des bulldozers. Des images du film montrent cette destruction de l'intérieur. Le bras des engins passe devant la caméra, tout proche d'elle, les murs s'effondrent autour de la cinéaste, l'extérieur apparaît là où la maison disparaît, c'est un chaos. Les gravats sont ensuite soigneusement récupérés dans des bassines en métal, celles qu'on trouve dans les salles d'opération des hôpitaux pour y jeter tout ce qu'on enlève d'un corps et qui ne sert plus. Mille poubelles contenant les restes de la maison sont exposées dans la grande nef du CAPC, le Centre d'arts plastiques contemporains à Bordeaux, déposées avec soin et régularité suivant des allées parfaites comme celles d'un cimetière militaire. Un peu plus tard, il se prend de passion pour un crâne datant du Néolithique et qu'il achète aux enchères. Sur ces mêmes carreaux blancs, il fait imprimer ce crâne et expose cette série sous le titre de *Vanités*.

À Nanterre, tandis que Mme Boll nous expose le projet de transformation du site, je me demande ce qu'il restera de ces murs gros de peines et de solitudes une fois réduits en gravats. "Les pierres seront en partie récupérées et recyclées", explique l'attachée culturelle. On appelle ça "gabion" qui veut dire "grosse cage" : les débris seront rassemblés dans des casiers métalliques prêts à former de nouveaux murs.

"Si nous n'avons pas de théâtre, en revanche, reprend-elle devant une porte qui l'indique, voici notre bibliothèque ! Et nous y proposons de nombreuses activités !"

Sur une affichette scotchée à la porte d'entrée je lis, fronçant les sourcils à cause du manque de lumière :
"*Chorale, prières, lectures saintes et échanges*... En effet... Et sinon, il y a toujours des livres ? Les hébergés, pardon, je me reprends, les hospitalisés peuvent en emprunter ?
— C'est actuellement fermé, répond-elle en reprenant sa marche. Le programme n'a pas été changé."

La bibliothèque existe depuis la création du lieu. Elle avait été aménagée au départ dans le bâtiment de l'administration. Aujourd'hui, sur les plans, elle dessine une excroissance côté jardin, une petite enclave dans l'enclave. C'est Mme Boll elle-même qui s'en occupe à présent, elle nous explique qu'elle a beaucoup de projets, trop peu de temps, qu'il faudrait renouveler le stock d'ouvrages mais qu'il n'y a pas de budget, qu'elle voudrait faire des demandes d'aides, des dossiers, elle espère secrètement que la stagiaire pourra l'aider. En réalité, elle ne sait pas encore ce qu'il en sera de son poste vu les grands changements qui s'annoncent pour la Maison.

Autrefois, les quelques rayons étaient remplis d'œuvres de littérature française de l'époque, rangées par ordre alphabétique. *Le Horla* devait s'y trouver et d'autres grands classiques, des livres populaires comme *La Case de l'oncle Tom*, des romans réalistes, des histoires de voyages, des journaux et des revues illustrées. Des évangiles et des prières étaient également distribués par l'aumônier, il fallait bien faire pénitence et retrouver le fameux bon chemin. Les hébergés pouvaient lire le week-end uniquement, la semaine restait consacrée au travail. D'un point de vue général, les distractions étaient considérées comme néfastes à la concentration, elles provoquaient l'épanchement, eux qui avaient besoin de redressement, elles risquaient de les faire divaguer au gré de leur imagination, de leur donner des idées, d'éveiller des désirs et de ramollir les chairs. Ils devaient rester présents à leurs tâches et efficaces. Le rythme de production était déjà difficile à tenir, ils étaient souvent épuisés. Le préfet de police de l'époque, Louis Lépine, avait très vite constaté chez eux cet engourdissement qui ralentissait la cadence. Il en avait fait des insomnies. Il fallait trouver des solutions pour les réveiller, les remettre d'aplomb, serrer la vis. Il avait fini par admettre que les mauvaises conditions d'accueil étaient la cause de cette faiblesse. L'endroit était surpeuplé, les repas maigres, le chauffage manquait en hiver, un filet d'eau servait à les laver. Carole m'avait dit : "La douche, c'est un karcher", mais dans les années 1980, les plus sales étaient toujours désinfectés au savon et frottés au balai-brosse. Des tas de chairs dont on ne savait que faire. Il fallait les occuper (il fallait aussi s'en occuper) mais quelque chose ne fonctionnait pas. Certains étaient donc employés à différents postes, un modèle d'insertion, d'autonomie et d'économie. La France était fière de son calcul. Mais eux, debout dans les cours, les jardins, les coursives, avec leurs costumes, ils ne savaient pour la plupart pas bien ce qu'on voulait d'eux. Ils étaient comme des pantins qui ne s'animaient pas complètement comme on l'aurait imaginé ou du moins voulu. Ils entendaient les termes *progresser, être réinséré*, et cela ressemblait pour eux à des engins invisibles, incompréhensibles et douloureux dans lesquels il fallait pourtant entrer, en se pliant, pour faire corps. À force de contorsions, certains devenaient monstrueux, les mains se retournaient, les ligaments claquaient, les mentons s'allongeaient, les pieds éclataient et une odeur pestilentielle se répandait comme un dernier bouclier.

La veille, chez le médecin, j'étais tombée sur un article à propos de l'hygiène que j'avais lu entièrement, en partie dans la salle d'attente et en partie chez moi, ayant volé la revue. La photographie d'une statuette aux doux contours venait l'illustrer, son bras gauche, celui du cœur, présentait dans sa main une coupelle, dans laquelle venait boire un gros serpent gracieusement enroulé autour du bras droit, du poignet jusqu'à la nuque. Selon la légende, il s'agissait d'Hygie, la déesse grecque de la santé et de la propreté. Ainsi, par ses bras, était-elle à la fois la coupe, emblème de la pharmacie, et le caducée, celui de la médecine. Le caducée, habituellement une branche d'olivier ou de laurier ailée sur laquelle deux serpents sont entrelacés, était l'instrument d'Hermès, dieu des voleurs, des poids et des mesures, et d'Asclépios, qui lui le portait en bâton entouré d'une couleuvre. Asclépios, disait encore la légende, était le fils d'Apollon. Il avait été foudroyé par Zeus pour avoir ressuscité des morts, et pour ces mêmes faits, il était vénéré comme un dieu par les médecins. Tandis qu'une peste ravageait l'ancienne Rome, on pria l'aide d'Apollon, et l'oracle dit qu'il fallait aller chercher son fils et le ramener en terre romaine. On envoya donc un navire jusqu'à Épidaure. Sur cette île se trouvait, outre un théâtre, le sanctuaire d'Asclépios qui soignait par incubation, c'est-à-dire par le songe. Chaque nuit, des patients venaient dormir contre les murs du sanctuaire. Le dieu, par l'intermédiaire d'un rêve, s'introduisait en eux et les soignait ou leur donnait des prescriptions. Si la rencontre n'avait pas lieu, cela voulait dire que le malade était incurable. Les murs étaient recouverts d'ex-voto. L'incubation se pratiquait également près des sources et de certaines rivières. Lorsque le vaisseau accosta, un grand serpent glissa hors du temple et rampa jusqu'au bateau. Les prêtres disaient que c'était le dieu lui-même. Il ne laissa dans le sanctuaire qu'une statue de lui et fut transporté à Rome où le fléau de la peste aussitôt disparut. Cet animal extraordinaire avait le don de s'immiscer dans les interstices, de produire un venin qui pouvait guérir ou tuer. Hygie était la fille d'Asclépios. Dans certaines cités grecques, les femmes lui faisaient offrande de leurs cheveux. Ainsi l'hygiène était fille de la santé. Elle constituait une mesure préventive pour éviter la contagion, les maladies, les infections. L'eau était sa meilleure alliée, elle lavait, purifiait, vidangeait.

L'article racontait ensuite qu'au Moyen Âge, les pauvres se lavaient dans les rivières, les plus riches dans des cuviers, baignoires en bois cerclées de métal qui servaient aussi aux lessives. Des bains publics, hérités des thermes romains, étaient proposés dans les grandes villes mais la religion bannissait ces étuves propices à la débauche. À partir du xvıᵉ siècle, on pensait que l'eau faisait circuler la peste et la syphilis et que la peau était trouée comme une passoire, faisant de nous de vraies éponges à maladies. Jusqu'à la fin du XVIIe siècle, on craignait donc le fluide impropre et malfaisant, on l'évitait, et préférant pratiquer la toilette sèche, on frottait avec des linges ce qui était visible : le visage, le cou, les mains. Le reste était caché, protégé, les habits et la saleté faisant barrage aux miasmes. Puis lentement, les bains collectifs étaient revenus dans les villes. Mais la bourgeoisie jugeait, à son tour, cette pratique amorale. Au XIXe siècle, avec les progrès de la médecine, le développement de l'ère hygiéniste et la gestion de la propreté urbaine, les médecins, l'armée et l'école avaient pris en charge cette éducation. La tâche était de grande ampleur tant, chevillées au corps, avaient grandi les croyances et les peurs. Pour ces instructeurs, morale, ordre et hygiène travaillaient de pair. Les logements privés s'étaient peu à peu équipés de baignoires ou de douches. Les mères prirent le relais, se chargeant désormais de la propreté et de sa transmission. Elles s'en occupaient pour leur part de manière plus intime que théorique, plongeant, elles, réellement les mains dans la crasse. Elles semblaient consentir et ne pas craindre la saleté. Cela inquiétait. On pensait que parce qu'elles mettaient au monde depuis la nuit des temps, prêtant leur corps, le laissant s'ouvrir grand, se déchirer, se faire membrane entre ce monde et l'autre, l'incréé, elles avaient peut-être accès à l'informe et à l'inarticulé...

Celles et ceux qui ont une main ou un pied dans ce chaos, un doigt, un orteil plongé dans cette confusion, une bouche, un œil ouvert sur l'invisible, réveillent d'anciennes terreurs, les mères, les marginaux, les fous, les clochards, les truands, celles et ceux qui touchent au désordre, aux frontières, aux interstices, sorcières, serpents, coléoptères... affolent parce qu'ils détiennent un grand pouvoir : celui de remettre en cause l'ordre établi.

Mais c'est un étrange hôpital sans odeur de Betadine, ni éther, aucun désinfectant à faire flageoler les jambes et ramollir le cœur. Les couloirs sont vieux, humides. Les murs portent des traces d'infiltrations, de dégâts des eaux, souvenirs de catastrophes et paréidolies. La peinture s'écaille ici sur un pan tout entier de la galerie. Des bouts se décrochent dans l'angle du haut d'abord comme de minuscules coquilles d'œuf qui craquellent, contrecoup de l'impact, et qui vont grandissant suivant l'onde de choc, se recourbant, de plus en plus fragiles, l'ensemble formant un relief aux proportions qu'on dirait presque divines. Les feuilles les plus grosses, les plus proches, ayant tendance à se replier sur elles-mêmes, laissent voir derrière la paroi nue. Et passant, je me rapproche, j'y aperçois un dessin, et puis plusieurs, ou bien ce sont des mots, des formes. L'envie de gratter me prend mais je sens déjà les écailles s'enfoncer sous mes ongles et les regards appuyés de mes trois comparses.

Mme Boll marche devant nous avec sa stagiaire, ne fait aucun commentaire durant la traversée de ce si long corridor, devant cette autre fresque, cousine de la criarde, mais honteuse celle-là.

Un peu plus loin, suivant un couloir adjacent, nous retrouvons l'administration, côté jardin à présent. Tout y est plus clair, accueillant. Francis explique qu'autrefois ce bâtiment abritait au rez-de-chaussée le directeur, l'inspecteur, le brigadier et la surveillante en chef dans leurs bureaux respectifs, le greffe, les parloirs et les salles d'attente, la bibliothèque et les archives. Dans les étages, le personnel et sous les combles les domestiques. Mme Boll rebondit en répondant avec un peu d'humour qu'aujourd'hui il en est tout autrement, les parloirs, les brigadiers, tout ce qui se rapporte à la prison est révolu, laissant la place enfin à d'autres perspectives, "L'art par exemple, n'est-ce pas ?" me dit-elle en souriant, attendant sans doute mon approbation. Son bureau se trouve ici. Elle explique sa fonction qui consiste aussi bien à mettre en place des ateliers qu'à inviter des artistes, s'occuper de la bibliothèque, elle vante les bienfaits de la culture sur les patients.

Francis n'écoute plus depuis un moment, il est justement absorbé par des peintures affichées aux murs. Les mains sur les hanches, il considère un à un les tableaux comme s'il était à une exposition, avançant ou reculant pour mieux observer, en connaisseur. Il s'arrête devant une gouache qui attire plus particulièrement son attention. Elle représente une sorte d'animal bleu et rouge avec des yeux ronds comme ceux d'un hibou et doté d'une grosse queue. Cette vision fait revenir en lui une scène qui semble l'avoir marqué. Il commence ainsi :

"Je suivais un groupe de parole à l'Unafam*, animé conjointement par Mme Chapot la directrice et le Dr Jenman, ainsi qu'un infirmier, amateur de cinéma, qui choisissait un extrait de film pour illustrer les propos. Oh ! La première fois que je suis venu, j'ai tout de suite pris la parole après la projection pour reprendre le docteur sur un cas, « Mais là vous avez inversé », je lui dis, et je lui donne un autre point de vue, et là Mme Chapot se lève, « Alors voilà une explication d'une autre trempe », qu'elle dit, face à un sexologue psychanalyste reconnu fallait oser quand même, le caresser dans le mauvais sens du poil, il n'allait pas lâcher son bout ! Après ça, il a cherché à me désarçonner... Mais une fois, il m'a raconté une histoire... Une belle histoire, d'une mère qui était venue avec son fils, le fils s'était fabriqué un vêtement d'animal, avec une queue, et qui le protégeait. Et grâce à ce costume qu'il portait presque tout le temps, il survivait. Il y a de beaux exemples comme ça de gens qui trouvent des solutions, il dit après un temps. Les médecins, eux, proposent des médicaments, bon mais c'est pas une réponse. Avec les médicaments, on est comme suspendu. J'en ai pris une fois, j'étais hospitalisé un mois, ça a fait effet quatre jours, le quatrième jour je me suis retrouvé à ramasser par terre les papiers gras, et là j'ai retrouvé ma tête, quatre jours après !"

Quand il a su qu'il était atteint de troubles neurodéveloppementaux, que ce qu'il avait vécu enfant était typique

---

* Unafam : Union nationale des familles et amis de personnes malades et/ou handicapées psychiques.

du syndrome d'Asperger, Francis a été soulagé, parce qu'il voyait bien qu'il était différent, que quelque chose clochait, qu'il devait sans cesse faire des efforts et que ça l'épuisait. Alors il a lu tout ce qu'il pouvait trouver sur le sujet. "J'ai lu peu mais j'ai bien lu", il précise. Quand il a annoncé et expliqué la chose à ses parents, son père, s'étant reconnu, a répondu "Moi aussi". Francis dit de lui qu'il faisait beaucoup d'efforts pour s'adapter, mais qu'il était en réalité "hyper rigide", incapable de percevoir l'autre comme étant différent. Alors avec les clients, au salon, il avait fini par comprendre qu'il fallait faire attention, qu'il y avait par exemple des sujets à ne pas aborder tels que la politique, la religion ou la musique, mais avec ses enfants, il avait son idée, il n'en démordait pas, c'était une catastrophe.

Francis demande à voir les cellules. "Elles n'existent plus depuis longtemps !" se moque Mme Boll. Pourtant il affirme qu'encore dans les années 1980, elles étaient accessibles et que puisque les blocs sont encore là... Elle l'arrête : "Ils sont condamnés pour des raisons de sécurité. Il est formellement interdit d'y entrer.

— J'aime la cellule !" il se met à déclamer, le bras en l'air, théâtral soudain. Mme Boll s'empourpre, la stagiaire se retient de rire. "J'ai même eu le projet d'ouvrir un établissement...", dit-il fièrement, puis un long silence s'ensuit. "Parce que je crois qu'il ne faut pas vouloir à tout prix adapter les gens à la société mais prendre les gens comme ils sont et chercher, inventer des cadres qui leur conviennent. Alors j'ai vécu un drame."

2015. Il cherche sur internet "Prison à vendre", et tombe là-dessus : "Enchères : À vendre prison Fontainebleau". Sous la photo du bâtiment, une minuscule légende indiquait que c'était l'ancien musée de l'Administration pénitentiaire. Il saisit l'occasion, veut faire une offre, projette d'en faire un lieu d'accueil, avec des hébergements, des bains et un système de nettoyage des habits.

"Le malheur, c'était cher, ça représentait toutes mes économies, plus l'appartement à Saint-Ouen, donc je pouvais acheter sauf que j'étais en difficulté pour débloquer l'argent immédiatement. Alors il y a une femme dans mon entourage qui a tout de suite voulu m'en prêter ! Le problème, je lui ai dit, c'est que j'avais besoin d'un professionnel qui puisse comme ça au jugé m'expliquer où est-ce que ça allait me mener dans les frais, et elle m'a parlé d'une personne à laquelle elle était liée, une sociologue spécialisée dans la recherche sur les prisons, et cette personne s'est avérée en effet très intéressée, elle a tout de suite proposé de faire un diagnostic et quelques jours après, je reçois un mail, « Vous me devez mille euros ! » Fallait que je paie, quoi ! Mais jusque-là rien n'était encore confirmé, je ne m'étais pas décidé, en plus niveau financier ça risquait d'être compliqué pour moi, et puis elle me menait en bateau, elle disait par exemple que les enchères pouvaient descendre... Je savais bien que ce n'était pas vrai. Du coup moi, j'étais le cul par terre."

Il renonce à l'achat, ne sachant pas s'il allait être capable de gérer. Mais le jour de la vente, cette femme l'appelle pour lui proposer un déjeuner. "Cette prison vous tend les bras !" elle le provoque. Alors il se retrouve à la croisée des chemins, comme la fois où, métro Pasteur, il avait longtemps hésité à l'intersection des deux couloirs qui se proposaient à lui, entre retourner au foyer ou à Nanterre, ce jour-là il avait définitivement perdu les clés de sa chambre, il en avait été soulagé, il le savait au fond, l'indépendance pour lui se trouvait de l'autre côté, entre les murs solides d'un bloc carcéral, et à présent, encore, il faut se décider : se lancer dans ce projet ou faire le nécessaire pour pouvoir dormir au commissariat. Il reste transi, incapable de répondre, il ne sait même plus comment il a été possible de trancher mais il se souvient d'avoir quitté le restaurant avec la certitude que la prison allait l'isoler, qu'il ne serait pas accepté, compris, qu'il ne serait pas pris au sérieux.

"Une fois, dit-il, dans un groupe d'Asperger un père a dit à son fils : « Tu as vu il y a quelqu'un qui a le même désir que toi. » Une fois on m'a aussi parlé de quelqu'un qui avait entendu parler de quelqu'un qui avait le même désir mais là, il s'avère que c'était moi, bon..." Il s'arrête soudain. "Mon cerveau s'asphyxie. Il faut qu'il puisse se recharger. Après, si l'autonomie est d'une heure, c'est une heure. Par contre, si les batteries sont en permanence déchargées parce qu'il y a des parasites, de la friture, c'est difficile... Je suis épuisé. Quand j'ai fini mon travail, par exemple, j'ai du mal à faire les démarches pour pouvoir aller dormir au commissariat, j'ai contacté plusieurs avocats, des... les services sociaux de la ville, je ne pourrais pas y arriver tout seul, j'avais vu un psychiatre ici pour lui expliquer la situation et enfin comment les choses fonctionnent, pour lui il fallait que je construise ma cellule chez moi dans ma maison, il restait avec son idée, il n'en démordait pas, il n'y avait rien à faire..."

Nous sommes au milieu du couloir. Mme Boll écoute, les bras croisés. La stagiaire, intéressée par cette histoire de prison, le relance :

"Vous ne pensez pas que ce projet...

— Non." Il se remet en marche et nous le suivons. "J'ai en outre acheté la maison familiale pour y garder mes parents ! Je vais à Chauny tous les quinze jours pour les voir. Ils vieillissent. Ma mère a été autonome parce qu'elle s'est mariée avec mon père. Le domaine de l'argent, c'est mon père. Même retirer, ça lui coûtait à ma mère. L'administration la tétanisait. Elle est hospitalisée, maintenant. Mon père ne faisait pas la cuisine, c'était ma mère. L'autre jour je lui ai apporté un concombre, un concombre à la peau tachée, mon père ne l'a pas épluché, il ne mange que des pommes de terre. Il a une aide à domicile maintenant, mais il ne demande que des quiches. Mes deux parents ont chacun leurs limites mais ensemble ils ont réussi. Ils ont élevé cinq enfants, ce n'est pas si simple. Dans l'ordre, il y a Pierre et Madeleine, moi, Jean-Luc et Dominique. Je suis au milieu. Dominique a deux enfants, il habite à Chauny, il a repris le salon de coiffure de mon père. Pierre est isolé. Il n'a jamais été à l'aise. Il habite la Région parisienne, jaloux de la relation qu'a Dominique avec mon père. Mais Dominique est sur place. Chacun sa mentalité. Madeleine est mariée à un comptable. Jean-Luc habite Amiens. On ne parle que de la pluie et du beau temps. J'aimerais qu'il en soit autrement mais c'est la famille !

"Oh ! L'autre soir à la télé – il s'arrête – j'ai entendu Bilal Hassani. « Un Roi », « Reine »... « Roienne », ils disent..." Complice, la stagiaire confirme. "Comme un animal extraordinaire comme ça, une créature de légende. « Roienne » donc, chantait pour un concours de musique avec deux musiciennes : une très enveloppée, l'autre sourde. Eh bien, ça m'a donné tellement d'espoir !"

Une autre fois, sur internet il cherche "j'aime la cellule" et tombe sur des paroles rapportées de Charles Manson. Il plonge, adhère immédiatement. Un type s'était lancé dans une biographie fleuve de la célébrité, un pavé de mille pages dans lesquelles Francis a dû s'engouffrer pour mieux comprendre. Charles Manson et Pétain posaient pour lui le même problème et cela méritait des éclaircissements. Charles était né d'un père inconnu et d'une mère délinquante, prostituée et alcoolique, qui fut incarcérée pour vol quand il avait cinq ans. Un oncle et une tante avaient recueilli l'enfant mais le couple se montrant cruel et sadique avec lui, il fut placé dans un foyer. Il les écuma, commençant très jeune à commettre toutes sortes de larcins, braquages, agressions, proxénétisme, qui le firent passer de maisons de redressement en prisons. Il était intenable. Un psychiatre diagnostiqua un traumatisme dû à "une grande sensibilité qui n'était pas parvenue à recevoir de l'amour et de l'affection". En cellule enfin il semblait revivre, il grandissait, se passionnait pour la musique, la guitare, il jouait, chantait, rêvait d'être une star, il voulait être aussi célèbre que les Beatles. Il demanda à rester en prison mais ce ne fut pas possible.

À sa sortie, il ne reconnaissait plus rien, le monde avait changé, c'était le boom des mouvements hippies. Il venait de passer plus de la moitié de sa vie enfermé. Il erra sur les plages avec sa guitare. Il interprétait parfois quelques morceaux. Un groupe d'admiratrices le suivait et bientôt une petite bande se forma autour de lui. Ensemble, ils vivotaient sur la côte Ouest. Ils avaient trouvé un car scolaire qu'ils avaient repeint en noir, ils allaient se perdre dans les collines d'Hollywood, dormaient dans des grottes. Un jour, ils tombèrent sur un vieux ranch qui avait servi de décor pour le cinéma et décidèrent de s'y installer. Après l'échec cuisant de sa carrière musicale dont il ne se remettait pas, Charles créa, dans ce refuge, une communauté et en devint le gourou, le Christ réincarné. C'était la Manson Family. Des acteurs au chômage, des jeunes tourmentés débarquaient, des filles surtout, rebelles, aux cheveux longs comme des Indiennes, qui vivaient pieds nus, les fesses à l'air, qui fouillaient dans les poubelles et dégoupillaient avec l'ardeur de l'adolescence en quête de sens et de liberté. "Charlie" s'occupait de ses *girls*, de leurs esprits, de leur cœur et de leur sexe. De leurs unions naissaient des enfants qui étaient ceux de tous. Un jour, ils partiraient, "Papa" avait trouvé un plan d'évasion, un trou dans le désert de la vallée de la Mort, un tunnel par lequel la famille au cœur pur accéderait à une autre dimension. C'était le *big "helter skelter"* emprunté au succès de l'Album Blanc des Beatles, qui allait remettre à sa manière le monde en place. *Helter skelter*, c'était le grand désordre et la confusion, c'était l'ordre selon Manson. Il voulait en découdre, prévoyait une guerre entre les Blancs et les Noirs, il allait la provoquer, en accélérer le déroulement et prendre le pouvoir. Ainsi commencèrent les massacres dans les vapeurs d'Hollywood, les drogues et l'horizon d'un nouveau monde que la Famille espérait voir venir. Il envoya ses *girls* à Cielo Drive, dans la villa de Terry Melcher, le producteur qui n'avait pas voulu le suivre à l'époque, qui avait méprisé son talent, il allait se venger, enfin, programmer une tuerie magistrale, une boucherie.

Francis plonge dans cette biographie puis dans d'autres documents qu'il va chercher sur internet. On y croise régulièrement le visage exalté de Manson, ce front à la Dostoïevski (plus vieux, il en a même les yeux), ce front qu'il raye d'une croix lors du procès pour dire au monde qu'il en est exclu, plus tard il la corrige, pour provoquer dit-on, se signe d'une croix gammée.

"Il y a eu un... cette scène de massacre... Sharon Tate et... Très certainement lié aux affaires de drogues. Il n'y avait pas que chez les hippies que le LSD circulait, dans le milieu du spectacle aussi et même les psys à l'époque... On voyait ces filles dans les journaux, à la télé, radieuses, presque romantiques, c'était la Famille. Et c'est sûr que ç'a été un choc pour Hollywood, pour les hippies, un désastre. Et il a été jugé comme étant l'instigateur de ces meurtres, alors là, dit Francis, il faudrait creuser pour savoir ce qu'il s'est passé et quelle était son implication réelle, il y a un flou quand même."

Il s'interroge et fait le parallèle avec le maréchal Pétain. Il y a, d'après lui, ce livre qu'il faudrait également lire sur le Maréchal, écrit par un de ses secrétaires qui est mort à cent deux ans.

"Ce qu'il y a, c'est que les personnes âgées ont du mal à sortir de leur logique, comme un capitaine qui ne veut plus quitter le navire. Dès le départ, le Maréchal a senti qu'il allait être sacrifié, il s'est dit que si ça pouvait éviter des massacres... Lui aussi, c'était un enfant abandonné, un « fils de la morte » comme on les appelait. Sur Charles Manson comme sur Pétain, il est possible qu'on se trompe. Je m'identifie un peu à ces deux hommes parce que dans le contexte actuel, comment me faire comprendre ? Les gens sont tellement dans une logique morale."

J'ai parfois peur d'un retournement avec Francis, d'un grand *"helter skelter"*, d'un drame qui viendrait tout recouvrir, je sens bien que c'est possible puisque sa requête est désespérée, et je crains qu'après ça son histoire ne soit oubliée ou entièrement relue à l'aune de l'événement. Il donnerait un ton qu'il n'avait pas dans la voix, gommerait les nuances, effacerait le cheminement, écraserait sa demande pour finir, la tuant en l'assouvissant de manière violente, ne resterait que le spectacle. Et qui voudrait se projeter dans un tueur ? Il est pour sa part capable de se reconnaître des affinités avec Charles Manson. C'est ce qui me bouleverse chez lui, cette voix radicale et pourtant discrète, fine, cohérente, qui énonce quelque chose que je n'ai encore jamais entendu et qui pourtant semble répondre en moi à des questions que je ne me suis pas formulées, faire écho à un besoin que je camoufle, que j'ai relégué, trop consciente de son étrangeté. Cette voix tire sa puissance de son unicité mais c'est aussi sa faiblesse, elle reste à la marge, difficile à faire comprendre.

J'aime profondément que Francis ne passe pas à l'acte, qu'il envisage seulement ce dernier comme une potentialité, comme celle du suicide peut être motrice pour prendre des risques, mais c'est bien la dernière chose à faire.

Nous marchons dans l'ancien quartier des femmes, dans la galerie qui entoure par l'ouest le jardin central, suivant une nouvelle bande collée au sol, rose maintenant. Mme Boll qui nous l'a fait remarquer, complice, nous indique que nous nous trouvons à présent dans le centre hospitalier. Elle pense que ce circuit rose mène à la maternité (une sorte de cordon ombilical, j'imagine). Elle ouvre une porte qui donne sur une cour arborée que nous traversons, longeant un pavillon en meulière avec des fenêtres à barreaux qui devait être la prison pour femmes. Son austérité est d'autant plus intimidante que nous rasons cette bâtisse, en file indienne sur ce sinistre chemin qui fait battre le cœur et courber l'échine.

"Je me suis toujours intéressé aux prisons", continue Francis. Il s'agite, il n'arrive plus à s'arrêter, il parle fort pour qu'on l'entende : "En maternelle déjà, il y avait un espace dînette, et moi je voulais... C'était le four ! Je voulais rentrer dans le four ! Tout le temps, je me souviens, j'essayais, et puis la maîtresse une fois m'a bloqué sous une chaise, j'avais dû me mettre en colère ou... Quand chez mes parents aussi quelque chose me contrariait, je renversais la table. Mes parents, qu'est-ce qu'ils pouvaient faire ? Les gens ne comprennent pas, alors ils peuvent rien faire. Mais elle, la maîtresse, elle m'a coincé sous une chaise, elle s'est assise dessus pour me bloquer, et alors là, comment... C'était féerique ! C'est pour ça qu'il faut que je fasse entendre mes besoins. J'en avais parlé déjà mais c'était silence, EXIT. Qu'est-ce qu'on disait de ça ? C'est du masochisme ! J'ai plusieurs souvenirs comme ça. À la rentrée de l'école, tous les jours je recevais une baffe. Il y avait Mme Côteret, la classe des tout-petits, une institutrice et puis une autre jeune, Mme Loyale et Mme Pierre, Mme Fossé femme de ménage, et puis un homme à tout faire. Elle venait par-derrière me foutre une baffe. C'était Mme Côteret la directrice. Pendant la sieste, dans la pénombre, elle taillait des crayons avec sa petite manivelle. Mme Loyale avait demandé aux enfants de se déshabiller à l'entrée de la classe. Je n'avais pas compris que ça s'adressait à moi aussi, les autistes ne sont pas dans le bain, quand la maîtresse parle à tout le monde, ils ne comprennent pas que c'est pour eux aussi. Et Mme Côteret m'a foutu une baffe. Elle me foutait des baffes tout le temps. J'aurais pu décrocher, j'ai redoublé mon CP. Je me battais avec tout le monde, je mordais. Plus tard aussi, quand j'ai commencé à travailler, je me bagarrais. Et la première fois que l'envie d'être enfermé se manifeste si fort, août 1966 avant l'année de CP justement, on part à l'océan, ma mère me parle de la grande école, elle me prépare, et j'arrive sur la plage, je cours, et là, des algues, partout sur le sable il y a des algues, et je tombe immédiatement amoureux des gougouttes !" Il s'arrête, nous regarde amusé. "Ah vous ne connaissez pas les gougouttes ? Les gougouttes des algues. Les cloques. Moi je suis très sensible à ce qui est gonflé, au contact de ce qui est bombé, je... Contre la peau le rebondi souple, même avec des vêtements, sans que... J'en ai pas fait pour autant un objet sexuel non, mais j'ai voulu très fort être enfermé."

Francis aime la cellule, et ce, depuis qu'il est tout petit. La cellule et la discipline. Il lui faut se conjuguer à l'ordre pour pouvoir respirer. Vous avez déjà vu un poisson hors de l'eau ? Il suffoque, il se tord, il convulse à la fin.

"Mon collègue de bourreau... – il se reprend – ... de bureau, à la RATP, mon collègue, j'en parlais avec lui, il était assez ouvert. C'est une situation dramatique parce que..."

Il examine cette cour par laquelle nous passons, avec les grands arbres, cette prison, et tandis que Mme Boll nous tient une porte qui débouche dans le couloir saumon d'un local plus récent, lorgnant sa montre et nous adressant un petit signe pour avancer, il poursuit, infatigable :

"Je vois bien que la loi fait que... Bon, ce n'est pas impossible parce que les lois se modifient mais... comme ça requiert une volonté très forte, c'est compliqué de faire accepter cette idée de pouvoir dormir en cellule. Mon collègue, il ne comprenait pas vraiment. Il comprenait disons partiellement. Ce collègue, sa tante, elle a des troubles neurodéveloppementaux, elle était secrétaire de direction, elle avait des graves lacunes, alors tant qu'elle vivait en couple, le travail d'un côté, le conjoint de l'autre, elle trouvait un équilibre, mais une fois que ça, ç'a été fini, ça ne tenait pas debout, certains mécanismes ne fonctionnaient pas, elle était défectueuse. Il a voulu faire venir une aide à domicile, mais alors là on n'est plus qu'un objet, entretenu comme un caniche... Toiletté comme un caniche. Alors elle s'est enfermée dans sa maison, sans eau sans électricité, qu'est-ce qu'il s'est passé pour que... Elle a fermé ses fenêtres et ses volets, sa porte à clé, ah du jour au lendemain ! Le monde s'est bouclé sur elle comme ça d'un coup, et le passé... Quand il va la voir, il va la voir une fois par an, il lance un caillou, dans le volet il doit lancer un caillou pour qu'elle l'entende. Le cerveau, apparemment, n'arrive pas à se synchroniser avec l'environnement, alors il se trouve en péril. Ce qui est curieux, c'est que plus jeune, cette femme, elle collectionnait des cadenas dans son sac à main, elle avait plein de cadenas qu'elle récupérait à droite à gauche !" Il glousse puis reprend : "Le beau-père de ma sœur, Bernard, il était dans l'armée, il a été marié, il a eu des enfants, et puis une fois qu'il a été à la retraite et qu'il a perdu sa femme, pareil ! Fini ! Il s'est mis à boire, à fumer et surtout, son logement... Un taudis. Tau-dis. Avec des bouteilles en plastique, en verre, qu'il entassait, des capsules, des programmes publicitaires, des sacs-poubelles, il avait tout là-dedans. Pour moi, il est clair qu'il souffre du même défaut technique. Mais il a pu vivre avec une femme, alors... Moi je ne sais pas si je pourrais."

La stagiaire fronce les sourcils pour marquer son étonnement.

"M. Garand, spécialiste des relations, précise que bon il peut y avoir des combinaisons, mais enfin vu ma situation ! Tout dépend de mon cerveau, disons, comment il va réagir. Tout dépend aussi de ce qu'on appelle les atomes crochus. J'ai vu, au sein du REV*, le groupe des entendeurs de voix, deux personnes, Stéphanie et Julien, un peu frappés, schizophrènes, avec de bons atomes crochus pour faire une combinaison, qui se sont rencontrés à une réunion. Ils se sont tournés autour et puis du jour où ils se sont mis ensemble, finies les voix, terminés les symptômes, ils avaient trouvé un équilibre qui faisait que leur cerveau n'était plus en détresse. Et puis ils se sont séparés, et les voix sont revenues."

La psychiatrie, explique-t-il, ne peut pas s'attaquer aux causes puisqu'elle ne les connaît pas, elle se base donc sur les comportements pour répertorier, classer, soigner. Cependant, d'après ce qu'il en sait, on remarque aujourd'hui qu'il y a, d'une part, une base génétique, ou épigénétique, et d'autre part, des événements environnementaux (ceux-là pouvant se transmettre ensuite de manière épigénétique). S'il y a des prédispositions chez un individu, une vulnérabilité, les événements jouent beaucoup, ils peuvent tout à fait favoriser, voire déclencher un trouble, et cela peut se produire à tout moment, dès le début, dès le ventre de la mère, il ne protège pas de tout, le ventre de la mère, affirme-t-il, c'est un milieu en soi, un accident infectieux est vite arrivé.

"Alors, il y a deux cas de figure : il y a ceux qui peuvent respirer normalement dans leur environnement, les poissons par exemple, les poissons respirent normalement dans l'eau avec leurs branchies, et puis ceux

* REV : Réseau français sur l'entente de voix.

qui ne peuvent pas, comme les dauphins, les dauphins remontent à la surface pour respirer. Moi, j'ai besoin d'être enfermé pour respirer. Quand on est enfermé, on a accès à un autre environnement."
Pour lui, l'un ou l'autre ne suffit pas, il faut les deux.

Cette histoire, donc, il ne veut pas la résoudre, pas au sens attendu, disons, guérir lui importe peu. Des psychiatres, qui avaient fait le lien avec un vieux drame familial que je n'allais pas tarder à découvrir, lui avaient maintes fois prescrit des rituels, des tas de rituels, il fallait une bonne dose d'imagination et d'ingénierie, un sens de la formule et de la mise en scène pour retourner l'histoire et trouver en elle une fin au chapitre. Le recours au rituel était nécessaire, soutenait l'un de ses thérapeutes, parce que dans ce contexte-là, quand le passé resurgit chez les vivants, les mots, pour un adulte, ne suffisent pas. Pour un enfant, ils peuvent encore agir et soigner, apaiser le passé ressenti, pas pour un adulte, c'est trop ancré, trop incarné. Mais résoudre cette histoire pour s'en libérer n'intéresse pas Francis, il préfère s'employer à faire entendre sa demande, car pour lui, elle est valable en soi et partagée par d'autres, il en est convaincu, maintes fois on le lui a témoigné, il l'a compris, à travers des reportages également, des livres, cela correspond à un besoin, répète-t-il, une nécessité pour certains, qu'il veut s'employer à faire reconnaître. Il se souvient encore de ceux qu'il rencontrait dans le car pour Nanterre :

"Une fois, un gars a essayé de me racketter, j'avais pas d'argent sur moi parce qu'alors j'étais vraiment très méfiant, il a tout de suite compris que c'était pas la peine, et puis il m'a invité à m'asseoir à côté de lui, finalement. Y avait un monde là-d'dans ! C'était un chef de bande, un Allemand qui venait de Dortmund. J'avais fait mon service militaire en Allemagne alors je pouvais parler. Il m'a expliqué que lui, bon il avait un logement, peut-être même un travail parce qu'il parlait de la télé couleur, « Mais finalement, il a dit, je préfère aller en prison ». Et ils étaient beaucoup comme lui à faire une connerie pour se retrouver en prison. Et quand c'était pas la prison, c'était Nanterre, le dépôt, ils faisaient la navette, quoi !"

Francis n'a jamais été incarcéré, pas question de se compromettre. Mais il a besoin d'une cellule pour dormir. Comme Ireneo Funes, un allié lui aussi, dans l'obscurité de sa chambre fermée. Le personnage que Borges a inventé dans sa nouvelle éponyme souffre d'avoir une acuité doublée d'une mémoire extraordinaire qui lui rendent la vie impossible, impossible de penser, presque impossible de trancher, le temps se déplie et se redéploie en lui constamment avec une précision monstrueuse, et il ne comprend pas que les mots puissent être génériques, les mots enferment, dit aussi Francis, le chien de midi n'est pas le même à midi et quart et mes mains non plus ne sont jamais les mêmes, confirme Funes, qui décide très jeune de vivre reclus dans le noir de sa chambre pour pouvoir reposer son esprit. "Dormir, c'est se distraire du monde." Car il faut pouvoir se distraire du monde, sans quoi il nous épuise. Francis ne s'en plaint jamais car il n'est pas homme à se plaindre, mais il est constamment accablé de fatigue, il cherche un répit et ne le trouve que dans une cellule. Dans le ventre de sa mère, il s'en souvient encore, le monde lui parvenait déjà, mais filtré, lointain, plus doux, ce qui lui permettait d'exister. Quand il naît, c'est une giclée de lumière qui le saisit, des mouvements, du désordre, des vibrations qui l'agressent. Et cela se poursuit. C'est comme ça qu'il reçoit l'extérieur encore aujourd'hui, vibrionnant, ouvrant de tous côtés autant de visions que de chemins possibles et différents, si bien qu'il lui est difficile, voire impossible, d'en suivre un, car sitôt de nouveaux apparaissent et tant à la fin qui se superposent et se présentent à lui, clignotants, et se contredisant, qu'il lui faut s'enfermer le soir, "sinon je suis mort", explique-t-il. En général, une certaine rémanence saute aux yeux de la plupart d'entre nous, s'y colle, s'y imprègne, et ainsi un monde prend forme comme il l'explique, mais pas pour lui. Alors cette petite algue noire sur la plage, cette membrane humide, chaude et bombée, il voudrait s'y loger. Ou dans le tambour de la machine à laver, ou encore dans ce four, qui, chaque fois qu'il le voit, l'attire : petit, parfaitement limité, sombre, il voudrait pouvoir s'y engouffrer, être contenu ainsi, sentir autour de lui un cadre solide, immuable, fuir un temps la fournaise de la vie. Cela provoque en lui, dès les premières années, des colères, des accès de violence. À l'âge de cinq ans, il renverse la table avec tout le dîner. Il la soulève de ses petits bras furieux et tout glisse par terre dans une catastrophe d'assiettes cassées mélangées à la soupe, aux bris de verres, au métal des couteaux, cuillères, aux tissus tachés des serviettes, aux miettes, à la poussière. Cet amalgame, il le fixe, puis son père par réflexe lève la main et sa mère, encore sous le coup, ahurie, s'essuie la bouche, les frères et sœurs pouffent nerveusement, la grande regarde les parents, ils se demandent quoi faire avec lui. L'enfant contemple le bazar comme s'il se découvrait dans un miroir.

Il se souvient de cette minuscule cage à grillon, vue sur un marché au Cambodge, le seul grand voyage qu'il ait entrepris, pour le mariage de sa sœur. Il avait suivi la famille dans le dédale des stands, des couleurs, des odeurs et des cris. Il était épuisé. Il s'était alors arrêté devant un objet suspendu à un piquet. C'était une toute petite cage. La base n'était pas plus grande que le pouce et l'index réunis, et de là montaient en arc des brindilles de noisetier qu'une minuscule cordelette noire réunissait au sommet. À l'intérieur, l'insecte chantait de manière répétitive. Il en ressentit un bien-être immédiat. C'était comme la nuit à la campagne quand l'obscurité était partout. Comme quand la maîtresse l'avait coincée sous une chaise. Il ferma les yeux. Chaque son lui apparaissait comme des bâtons, des barreaux. Il se souvenait aussi avoir écouté sur internet les grincements de grillons qu'un certain Jim Wilson avait enregistrés puis ralentis, en étirant le débit, ce qu'on entendait était une étrange mélopée, des chants humains, lointains comme des chœurs très anciens qui arrivaient par vagues.

C'était comme au bloc 45 où il venait pour dormir la nuit, la même détente, le même abandon.

Les blocs cellulaires de la Maison de Nanterre avaient été conçus sur le modèle philadelphien. L'architecte avait suivi l'enseignement du maître Guillaume Abel Blouet, qui avait consacré une bonne partie de sa vie à l'étude des systèmes pénitentiaires. Particulièrement intéressé par les structures cellulaires de Pennsylvanie alors en plein développement, et dont la spécificité était l'isolement des prisonniers de jour comme de nuit, il croyait en l'autorité des murs. Les murs devaient imposer un ordre, un programme. Il était fasciné par l'épais silence qui régnait dans ces prisons. L'architecture avait réussi à plonger les détenus en eux-mêmes, elle agissait sur leur conduite et, plus profondément, sur leur âme. C'était pour lui un modèle. Il y a des images d'isolement qui s'accrochent à la mémoire. Dans les expériences pennsylvaniennes qu'avait pu observer Blouet, il y avait ces femmes, condamnées au silence et au repli, dont la tête était entièrement recouverte d'une cagoule ou d'un bas noir pour les empêcher de se voir entre elles et de communiquer. En tirant sur les fils de laine qui dépassaient de leur cagoule, elles avaient inventé un langage, une sorte de langue musicale, une danse nerveuse et muette, un morse décousu, une langue détricotée. Et en Espagne, ça me revient, j'avais pu l'observer moi-même lors d'une retraite, ces nonnes condamnées au silence et qui, par leur malice, se parlaient à table en signes de rien, regards, coups de fourchette, couteau posé en travers, joue qu'on gratte, bouche qu'on essuie à la serviette, etc.

La langue, l'expression, la communication se réinvente toujours là où elle est empêchée car elle manque, c'est sûr, et échoue toujours à dire, traduire, saisir ("et c'est dramatique", dit Francis à ce propos, lui pour qui notre langage est verrouillé, pour qui les mots sont à la fois polysémiques et figés, inadéquats et remplis d'histoires, alors il vaut peut-être mieux s'en tenir au plus simple contenant et les ressentir comme des cages). À la Maison de Nanterre, les cellules étaient minuscules et toutes semblables. Mais je me demande si Francis n'a pas inventé cette histoire de bloc 45, car je ne retrouve aucune information, aucune archive à ce propos (il m'avait pourtant semblé avoir lu quelque chose mais ma mémoire me fait défaut, la source m'échappe, je n'arrive pas à remettre la main dessus). "Penses-tu vraiment qu'ils portaient des sabots ?" m'avait demandé non sans arrière-pensée une amie psychologue à qui je racontais la première nuit de Francis à Nanterre. Elle évoquait le fait qu'il pouvait fort bien fictionner, qu'il fallait s'attendre à ça, il allait sûrement recomposer son histoire. Elle épinglait notamment le costume, les sabots, pour elle c'était une invention. Car il y avait cette affaire de famille, ce secret autour de l'arrière-grand-père, et selon elle, il était certain que Francis s'appropriait cette histoire, qu'il s'y reliait, car à l'époque, à la campagne où vivait cet aïeul, on portait des sabots. Je sursautai comme face à un revenant soudain, une folie que je n'aurais pas détectée. Je vérifiai dès le lendemain : les hébergés portaient bien le costume et les sabots. Mais pour le bloc 45, je ne sais que penser. N'avais-je pas lu quelque chose autour de sa démolition ? Il me faudrait à nouveau faire des recherches. Si Mme Boll nous assure que les cellules ont été détruites, les anciens pavillons carcéraux sont toujours debout : de chaque côté du jardin central, deux longs bâtiments de deux étages qui à l'époque contenaient quarante-quatre cellules par niveau. Le bloc 45 était-il une sorte d'annexe construite dans la continuité ? Ou une cellule fantôme ?

Les trois cent cinquante-deux autres ressemblaient, dit-on, à des alvéoles, avec des murs cireux, des angles arrondis, une fenêtre en hauteur comme percée sur le dessus pour que la lumière du jour puisse entrer, tels les rayons divins dans les tableaux de la Renaissance. J'avais découvert les dessins du scientifique Robert Hooke sur lesquels on tombe bêtement en cherchant sur internet le mot "cellule", et qui montrent par exemple "une écorce d'arbre vue à travers la lentille d'un microscope rudimentaire". Ce polymathe anglais avait utilisé la première fois en 1665 le terme *cellula* pour désigner les petites chambres qu'il voyait se multiplier dans la structure du liège. Le croquis détaille des cases accolées les unes aux autres comme des alvéoles, formant toutes ensemble une sorte de filet, de résille, qui n'est pas si loin de la représentation que l'on peut se faire de ces geôles, de ces enfilades de blocs, celles de l'écorce sont simplement moins alignées, moins régulières, plus organiques.

À la même époque vivait à Delft un drapier du nom d'Antoni van Leeuwenhoek. Veuf par deux fois, il avait aussi perdu quatre de ses enfants. Au côté de l'unique fille qu'il lui restait, il occupait toutes ses journées à examiner la fibre avec des compte-fils. Cherchant toujours plus à pénétrer la matière, il apprit à polir le verre et se fabriqua des lentilles optiques de différentes tailles, puis, prenant modèle sur le microscope rudimentaire de Robert Hooke, il réussit à se fabriquer un appareil qui grossissait jusqu'à trois cents fois, quand celui de

Hooke agrandissait environ cinquante fois. Cela ne ressemblait en rien aux outils d'aujourd'hui. C'était un petit objet métallique qui pouvait tenir dans la paume de la main, formé par deux plaques percées d'une minuscule loupe biconvexe, assemblées à une vis sur la pointe de laquelle on plantait ou collait ce qu'on voulait observer. Il fallait tenir l'appareil très près de l'œil, qui devait s'accommoder pour que l'image apparaisse. Cette mince fenêtre, ce minuscule hublot, ouvrait sur ce qui n'avait encore jamais été observé : des proto-organismes que le drapier appelait animalcules, des bactéries et des cellules qu'il voyait s'animer sans pouvoir comprendre de quoi il s'agissait. Deux siècles plus tard, Edmund Beecher Wilson, l'un des premiers biologistes cellulaires, observera plus précisément encore ce qui compose la matière. Sous l'un de ses croquis, cette légende interminable et qui donne à rêver : "Vue générale de cellules situées à la pointe de croissance d'une racine d'oignon à partir d'une coupe longitudinale agrandie huit cents fois". On peut s'abîmer longtemps dans ces tissus miniatures avant de se rendre compte que ce qui semble être des vides est en réalité des pleins qui se divisent et se reproduisent à l'identique ou non, ouvrant sans cesse de nouvelles voies et connexions, transports d'informations, en mouvement toujours, à des stades de développements différents, pour finir par y voir un dessin infiniment détaillé d'Unica Zürn ou d'une autre schizo en sa cellule. Les contours se déplient, se divisent, se multiplient et se remplissent de nouveaux contours, de traits, d'arabesques et de formes microscopiques qui font apparaître des subdivisions d'écailles, des serpents, des yeux, des visages, des corps dans des corps.

James Hook, le premier, avait utilisé le mot *cellule* parce que son écorce semblait composée de chambres microscopiques. On appelait *cellula* la chambre du moine. C'était un espace clos et son unique pièce de vie. J'écris moi-même de ma chambrette (elle n'est pas fermée, ici aussi la lumière arrive du dessus). La cellule isole du monde le moine, le condamné. Seul face à lui-même, le hors-la-loi doit regarder ses actes, qu'ils lui apparaissent enfin à la lumière de ce qu'ils sont, qu'il comprenne alors le mécanisme de la loi et pourquoi il est là, qu'il regrette enfin et demande pardon. Ce lieu était aussi appelé le pénitencier. À l'individu enfermé sont apportés les seuls rudiments d'une vie normale et saine : hygiène, sommeil, repas. Cette prise en charge de la vie courante dans ce qu'elle a de plus matériel est le cadre dont a besoin Francis, car pour ce qui est de son cas, son esprit n'ayant pas de murs bien délimités (ou disons qu'il peut facilement les escalader, ramper, s'y déplacer avec une étonnante rapidité, se faufiler dans les interstices), il galope à s'en épuiser. Ainsi, la chose fermée qu'est une cellule contient le strict nécessaire, et ce strict nécessaire lui facilite la tâche. À la cellule vivante, le strict nécessaire suffit pour pouvoir se multiplier toute seule. Elle se déplie, se divise et se subdivise et ainsi se reproduit. Chaque cellule transporte un peu de mémoire dans ce qui est appelé son génome.

À l'oreille, un son humide de reproduction : le petit Francis croit entendre cette mastication, cette multiplication, ce sont ses propres parents, il l'ignore encore, qui sont en train, à ce moment précis, de le concevoir.

Lui reviendront plus tard sa naissance en fanfare et le ventre de sa mère :

"L'expérience de l'utérus, disons que je ne l'ai pas oubliée." Il se rappelle encore les trompettes. "Il y a une histoire extraordinaire ! Un jour j'interroge mon père : « Tu m'as raconté je lui dis, enfin il y a quelque chose de bizarre, que le jour de ma naissance, tu es sorti acheter ton premier disque. Seulement moi j'entendais déjà de la musique avant ma naissance. Une musique... Toujours la même. Des trompettes ! Alors je voulais savoir ce que c'était. » Ça lui revient, mon père était abonné à la Guilde internationale du disque. L'offre consistait à payer un électrophone pas cher avec l'obligation, tous les trois mois, d'acheter au moins un disque dans un coffret qu'il recevait. Il pouvait prendre le temps de tous les écouter puis d'en choisir un. Un jour il y a eu un litige : la compagnie lui réclamait un disque. En fait, il avait oublié de le renvoyer avec les autres, il ne s'en était pas rendu compte, et c'était ce disque, volé en quelque sorte, que ma mère écoutait tout le temps quand j'étais dans son ventre. Alors cette mélodie ah là là m'est revenue, à une époque où je m'intéressais aux bébés, aux nouveau-nés..."

Cet air martial et mélancolique, il l'a dans l'oreille avec une précision qui lui permet de retrouver la mélodie sur un clavier qu'il s'achète dans les années 1980 en vue d'expériences autour de l'harmonie et des nombres premiers.

"Le morceau, je l'ai retrouvé plus tard sur internet : le *Concerto en ut majeur pour deux trompettes* de Vivaldi, enregistrement de 1956."

Ainsi la cellule organique porte une identité et une mémoire qui se sont construites au fil du temps, lentement à travers chacun de nos ancêtres, en lien avec un environnement, et qui ne cessent de se transmettre. Parfois, un choc, un accident, un phénomène même minuscule peut provoquer une modification du génome. Il y a comme ça des gens qui revivent sans le savoir le drame de leurs ancêtres. C'est ainsi que se reproduisent et que circulent le vivant et la mémoire, pas seulement les drames, et pas seulement chez les êtres humains. L'environnement marque les cellules. Les trajets marquent les cellules. J'avais appris par exemple que les monarques, ces grands papillons orange qui vivent en Amérique, migrent chaque année du Canada jusqu'au Mexique en suivant exactement le même chemin depuis maintenant des décennies. Ils naissent, semble-t-il, avec en eux cette mémoire, celle de l'espace et celle du temps, du climat. (Ils vont peut-être disparaître et je me demande si le paysage en gardera à son tour une mémoire, si les arbres des sanctuaires se souviendront d'eux, s'il en restera une trace, si leur disparition modifiera l'environnement.) Leurs ailes sont larges et leurs corps robustes pour les migrations. Leurs dessins alaires forment des quadrilatères orange nervurés de noir. L'apex et les bords, tout comme la tête et le thorax, sont noirs et mouchetés de petites taches blanches comme le pelage d'un faon, un fin duvet. Ces liserés donnent aux ailes un relief en trompe-l'œil, les points blancs étant plus petits à mesure qu'ils s'éloignent vers les bords. La chenille du monarque mue cinq fois avant de former la chrysalide d'où sortira le papillon, l'imago, sa dernière métamorphose. L'imago, pour le psychanalyste Carl Gustav Jung (enfermé à la fin de sa vie dans sa tour phallique, avec ses rêves), c'est l'image que se fait l'enfant de ses parents, de ses frères et sœurs, oncles et tantes, aïeux, et qui détermine son rapport aux autres. Dans la Rome antique, c'est un masque mortuaire. Celui qui n'est plus là, il faut le fixer, et n'est-ce pas là le premier portrait qui fut créé par l'absence de l'autre ?

J'avais découvert le parcours des monarques à la radio, dans une émission qui racontait leur périple. Plus tard, j'avais poussé la porte d'une galerie parisienne dans laquelle étaient exposées des photographies de ces papillons, mais on y voyait principalement des ailes en gros plan, vitraux orange cerclés de noir, on pouvait y suivre le chemin de plomb. On comprenait que l'intérêt du photographe se portait essentiellement sur leur beauté plastique, symétrique, et sur la multitude d'où aucun ne dépareillait, comme un jeu de miroirs dépliant à l'infini ses frises d'ailes entrelacées.

Les Anglais nomment *homing* l'instinct de retour. Ainsi du saumon, qui remonte la rivière pour retrouver la source où il a vu le jour et pondre à son tour. Les monarques vivent en été sur un grand territoire au Canada et, quand vient l'automne, ils s'envolent vers la Sierra Nevada, au Mexique, traversent le continent vers un endroit qu'ils ne connaissent pas, que leurs arrière-arrière-grands-parents sont les derniers à avoir vu. Leur voyage dure deux mois pendant lesquels ils parcourent quatre mille kilomètres, parfois plus. Ils se repèrent grâce aux astres, au Soleil et à la Lune. Une sorte de minuscule compas magnétique niché dans leurs antennes les guide et leur permet de ne pas perdre de vue la direction. Ils ont une mémoire génétique du voyage et du territoire. Ils n'apprennent pas, ils savent déjà, ils suivent. Ils sont si nombreux que lorsque passent les nuées, la nuit, on peut entendre, paraît-il, le battement de leurs ailes. Le matin, parfois, on en retrouve, morts dans les rivières et dans les champs. Ils sont pourtant solides et efficaces, s'adaptent aux climats, aux vents et aux reliefs. Depuis des générations, comme si les époques se superposaient, ils suivent le même chemin, traversant des grands espaces, se laissant planer dans les courants d'air chaud, volant jusqu'aux plus hautes montagnes mexicaines, jusqu'aux forêts sacrées pour y trouver le repos. Ils se rassemblent alors. Ils replient leurs ailes et s'agglutinent aux arbres, les uns aux autres, en grappes, recouvrent les troncs, les branches, comme d'étranges concrétions, comme des bouchots de moules sombres, laissant passer l'hiver, immobiles et endormis. Les petits enfants viennent parfois les observer. Et puis on ne sait pour quelle raison soudain, le vent, le craquement d'une branche, ils se détachent un à un, se déploient de manière surprenante, reprenant chacun leur forme, la même, l'obsédante image démultipliée et clignotante comme autant de battements d'ailes qui crépitent alors tel un brasier, un foyer. Et puis ils se reposent à nouveau, tremblotant d'un sommeil sensible. Au printemps, les femelles remontent vers le nord pour pondre et les descendants voleront à leur tour vers le sud. Et ainsi de suite. Chaque année, des myriades de monarques se déversent sur les forêts sacrées, dans un bruissement toujours identique. Les Mexicains fêtent leur arrivée comme le retour des aïeux, c'est la Toussaint, le jour des Morts, on se rassemble dans les cimetières, costumés, maquillés pour l'occasion, on apporte des fleurs, des bougies qu'on brûle, on les accueille avec de la musique, des danses et des transes, des chants, car les monarques sur leurs ailes ramènent l'âme des morts.

"C'est mon arrière-grand-père ! C'est mon arrière-grand-père !" Francis court vers moi tandis que nous quittons Nanterre, il me rappelle dans les couloirs du RER, je vais pour composter mon billet, pousser le tourniquet, quand j'entends sa voix : "C'est mon arrière-grand-père – il agite vers moi un document – avec sa famille !" Il porte en lui cet étrange mélange de monotonie et de revers imprévisible. Il me colle devant les yeux une photographie en noir et blanc sur laquelle on voit un homme et une femme entourés de huit enfants posant devant une maison en pierre. La porte de la maison est grande ouverte, comme une bouche noire derrière eux. Le couple est assis au centre, les mains cramponnées aux cuisses, et les enfants répartis de chaque côté, sur des bancs, avec deux fillettes absolument identiques : "Ma grand-mère avait une jumelle", précise Francis, la mère de son père qui sera emportée par une septicémie. Mais ce n'est pas encore l'heure, sur l'image, c'est encore une toute petite fille aux cheveux longs, entourant, avec ses frères et sœurs, ses parents. L'homme a l'air affable et bon vivant, mais son regard est triste. La femme est grande et charpentée. Tous sont endimanchés et fixent sérieusement l'objectif. Ils sourient finalement. Il s'en dégage un certain inconfort mais qu'on attribue plutôt à la situation exceptionnelle d'avoir été placés, mis en scène pour être saisis par l'appareil. Ils sont regardés, et ce cliché d'eux, cet instantané, va les fixer, les figer, les immortaliser, ce n'est pas une situation normale et rien sur la photographie ne paraît dès lors anormal.

L'homme est donc l'arrière-grand-père de Francis. Son histoire me sera transmise par bribes, me parviendra pleine de trous et d'imprécisions, de flous, et quand j'essaierai d'en recoller les morceaux, ça ressemblera à un film en Super 8, muet, saccadé, dont la pellicule se serait détériorée avec le temps. Il restera beaucoup d'inconnus et peut-être des faits mal interprétés.

François Julien Desplanches naît en 1856 dans le Nord de la France, dans la plaine près de Laon. Quelques années après, sa mère meurt en couches. En 1856, c'est fréquent, la venue au monde est périlleuse et sujette à accidents pour la parturiente comme pour le bébé, les registres de naissances sont pleins de morts pour lesquels l'état civil n'a pris la peine d'indiquer ni le nom ni la légitimité, pas eu le temps. C'est l'époque des Julien, des Jean, des Charles, autant de petits héros sortis des romans que lisent les femmes d'alors. Le veuf reste donc seul avec Julien jusqu'à ce qu'il rencontre une nouvelle femme. C'est un jeune veuf. Il veut tourner la page et refaire sa vie, comme on dit, alors il place son fils dans une ferme. C'est ainsi que l'on procède dans ce siècle avec les fils ou les filles des mortes, on les abandonne dans des fermes (il existait aussi des tours dans lesquelles on pouvait se délester des bébés, tout comme des fous, d'ailleurs). Peut-être que cette nouvelle femme ne veut pas de l'enfant d'une autre, cette autre que ce veuf a aimée avant elle, elle ne veut pas se risquer à en garder une trace, de peur que celle-ci ne prenne trop de place, de peur d'être comparée à ce fantôme, elle sait que des fantômes ne persistent que leurs qualités, alors elle impose qu'il soit écarté, ce reste d'histoire, ce rappel, effacé avec tout ce qui a existé avant elle, pour avoir sa pleine part d'histoire. Ou bien c'est lui qui préfère camoufler ce gosse encombrant, le faire disparaître car il faut bien faire la cour et comment s'y prendre avec un petit dans les pattes ? Il va faire tache, cet enfant. "C'est une problématique, la gestion de l'espace", répète Francis. Donc ils l'ont mis au dépôt dans une ferme. "Ils" : le père et la marâtre. À moins que ce "ils" ne renferment le veuf et sa belle-famille, ou bien une sœur, un frère, quelqu'un qui pensait bien faire. Ils y sont allés à trois et sont revenus à deux. La scène est quasiment muette, les images en noir et blanc se succèdent de manière saccadée, où l'on voit le tout jeune Julien debout avec son baluchon devant sa nouvelle maison, entouré d'une dame et d'autres enfants, en train de regarder le couple que forment le père et la nouvelle femme, ces deux silhouettes s'éloignent ensuite un peu trop vite et de manière trop contrastée, ils sortent du champ en trois ou quatre images, puis s'effacent définitivement. Quand on refait ce parcours-là précisément, il est plein de vide, de trous et de manques. On croit voir des petites figures découpées dans du papier brûlé et qui n'arrivent pas à se stabiliser, elles clignotent, fortement présentes et immobiles, et l'instant d'après absentes de l'image trop claire ou trop sombre, puis réapparaissent d'un coup un peu plus loin, elles ont sauté sans qu'on les ait vues faire, comme un piège, une pliure sur la ligne du temps, une coupure, une lacune.

Dans la ferme, l'enfant grandit alors au rythme des bêtes et des travaux au jardin, traire les vaches, semer, battre le blé, c'est là ce qu'il apprend, on lui en est à peine reconnaissant, pourtant son aide est précieuse. Il se sent seul et porte une grande peine en lui, comme une trouée dans la poitrine que cette nouvelle famille a du mal à combler. Finalement, ses parents n'ont pas voulu être prolongés l'un par l'autre, pense-t-il parfois avant de s'endormir, éreinté, le soir, finalement c'est comme s'ils avaient fait marche arrière et que leur lien et le fruit de leur amour n'existaient plus. L'enfant a été jeté avec l'eau du bain (ou brûlé avec le reste de paille), effacé avec la mère morte en couches, aspiré, *"Exit"*, comme dit Francis. L'enfant abandonné, c'est fréquent, ses racines ayant été sectionnées ou contrariées, ce qui revient au même, se retrouve hors sol, et se met à voler, peut-on lire. Il devient inhibé, honteux, agité et sitôt s'éteint. Il a sans doute par moments des idées noires. Sans cesse, l'enfant abandonné souffre de famine, il faut qu'il se remplisse, qu'il comble le vide à tout prix. Il dévore mais rien ne lui tient jamais au ventre. Il est atteint d'énurésie, et la mère adoptive s'en plaint et le gronde. Elle n'arrête pas de nettoyer ses draps, ses vêtements, c'est pour lui une forme d'attention. Dans la ferme, en Picardie, vers 1860, tout le monde dort dans la même pièce autour de la cheminée. Les nouveau-nés, les bêtes et les morts cohabitent. Dans la future maison, avec la future épouse, ce sera pareil. (Dans mon propre imaginaire les deux maisons ont la même façade toujours, celle de la photographie, en pierre, et la porte grande ouverte. Derrière c'est le même paysage plat.) Ces nœuds dans l'espace forment des boucles dans le temps, qui parfois étranglent.

Sans doute a-t-il vécu la guerre avec la Prusse et l'occupation de la région par les Allemands à l'hiver 1870. À quatorze ans, peut-être est-il posté sur une colline ou tapi dans une haie, les doigts crispés sur le manche d'une fourche ou d'un fusil. La population guette, terrifiée, l'arrivée des soldats. Le 9 septembre à midi, ils font leur entrée à Laon, sous une pluie battante, martiaux et victorieux, au son des tambours et des cuivres. Ils avancent en colonnes parfaitement alignées, et cette discipline force au respect autant qu'elle terrorise. Les Allemands prennent possession des maisons, demandent des soins et de la nourriture aux habitants, ils couchent dans leurs lits et mangent à leurs tables. Il faut répondre à toutes les demandes sinon c'est le "fusillement".

La guerre se termine. Julien grandit, il devient garçon de ferme, métayer. Il rencontre une femme qui ne l'aime pas. Son cœur ne le supporterait pas de toute façon. Il vaut mieux qu'elle regarde ailleurs. Car cette femme a jeté son dévolu sur un homme de meilleure condition, pourtant celui-ci refuse chaque fois ses avances. Alors, par dépit autant que par résignation, elle finit par se marier avec ce Desplanches qui n'a pas d'économies, pas de biens, pas d'héritage, mais elle lui dit oui, et ce renoncement, sans doute, lui donne le vertige. Elle a toujours soif, on la dit alcoolique, caractérielle, violente. Elle ne veut pas d'enfant, pourtant Julien lui en fait huit. Elle exècre cette vie-là. Elle a du caractère mais pas assez pour refuser, ou bien l'engrossait-il sans qu'elle le veuille, elle était là tout de même dans la maison et il avait ses besoins d'homme, comme on l'a soutenu pendant des décennies, et puis cette situation était déjà assez humiliante pour lui. Elle s'en prend à lui, elle ne l'a pas choisi. Il ne réclame pour sa part pas grand-chose. Il prend ce qu'il peut prendre, une femme comme une planche de bois qui sent l'alcool, et du travail dans des fermes mais ça, ça ne suffit pas pour nourrir une famille de dix personnes. La vie est rude, décidément. Et "c'est le mardi 2 avril 1912 que le drame se produit", dit Francis. En pleine nuit. Ou à l'aube peut-être. Le ciel et la terre se détachent, à peine. La terre est plate comme partout ici, comme un champ infini, gris, et le ciel aussi est gris. La charrette à bras roule, tirée par deux hommes. Ils soufflent, puent. (On pense, je ne sais pourquoi, à *L'Angélus* de Millet, un couple suspendu dans son travail aux champs, peut-être sèment-ils du blé, ou bien est-ce après la récolte, un panier est posé par terre entre eux, au-dessus duquel ils semblent se recueillir, prier solennellement, chacun penché sur ses mains jointes tandis que l'aube dénoue le ciel de la terre et fait la lumière. Ils sont encore pleins de nuit et de silence. L'homme légèrement tourné vers nous a enlevé son chapeau comme pour s'excuser, la femme, inclinée dans sa direction, semble lui pardonner ou demander pardon. Ils portent des sabots, et derrière eux on distingue une brouette. Lorsqu'on radiographie le tableau, parce qu'un autre peintre[*] l'a rêvé, derrière le panier qui se trouve entre eux et autour duquel ils se recueillent, se cache une boîte noire comme le cercueil d'un enfant. Millet se souvient : "En travaillant autrefois dans les champs, ma grand-mère ne manquait pas, en entendant sonner la cloche, de nous faire arrêter notre besogne pour dire l'angélus pour ces pauvres morts.")

Les deux hommes, donc, traversent le champ infini avec une charrette portant deux sacs de blé. Des ballots plus clairs : le magot. Ils tirent la charrette avec les sacs de blé et s'il y a une lueur, on voit qu'ils transpirent, comme un tableau vivant, comme ces madones qui pleurent. Leurs larmes luisent et ruissellent.

Trompettes soudain. Le souvenir se précipite, s'accélère comme un film muet, menace de disparaître, la pellicule de se déchirer. Trompettes et musique ! Joie de la musique ! 1959. Entrée en fanfare de Francis. Surdité du bébé d'abord, l'oreille encore collée à la paroi de l'utérus, l'ouïe absorbe l'eau mais ça ne trompe pas, le souvenir reviendra.

Retour au film plus noir que blanc : la police attrape les voleurs, le complice s'enfuit, reste l'arrière-grand-père au milieu du champ. Au commissariat, "au nom de la loi", il est emmené. La prison flotte au-dessus de sa tête. Il se pend. Il a cinquante-six ans.

C'est ainsi, la plupart du temps, que se suicident les hors-la-loi, c'est le moyen le plus efficace.

---

[*] Salvador Dalí dans *Le Mythe tragique de l'Angélus de Millet*, aux éditions Pauvert, 1963.

Qu'est-ce qu'elle a donc fait
la p'tite hirondelle,
elle nous a volé,
trois p'tits sacs de blé,
nous la rattrap'rons
la p'tite hirondelle,
et nous lui donnerons,
trois p'tits coups d'bâton.

Passe passe passera
la dernière la dernière
Passe passe passera
la dernière y restera.

chante l'enfant. Il ballotte dans la tête un grand vide. Sans parler du cœur.

Vol domestique, à l'époque, c'est un délit grave, sévèrement jugé, puni de cinq à dix ans de réclusion. Cela entache la réputation du garçon de ferme pour qui il est ensuite presque impossible de retrouver du travail. C'est une question de morale : il faut protéger la société bourgeoise et trouver une juridiction pour encadrer le concept de propriété privée que la Révolution a mis en place. Un patron qui emploie quelqu'un pour travailler ses terres doit avoir confiance en son employé et ne peut craindre d'être trahi en retour. Il ne faut en aucun cas laisser les métayers grignoter, s'approprier ou se saisir de ce qui appartient aux propriétaires, ceux-ci doivent pouvoir compter sur un rapport de confiance. Et pour que ce contrat soit respecté, il faut que l'infraction soit lourdement répréhensible. À l'époque, le vol de nourriture, notamment de blé, est un larcin très répandu. Il témoigne de la misère ambiante. Les voleurs, pour la plupart des parents en détresse, cherchent à nourrir un foyer et non pas à commettre un crime. Un décret sera même voté pour en appeler à la mansuétude, à l'indulgence devant ces écarts de conduite. D'ailleurs les patrons ne dénoncent pas toujours les voleurs, ceux-ci sont parfois congédiés simplement, chassés, on les envoie prestement "se faire pendre ailleurs", selon l'expression consacrée.

Julien François Desplanches sera condamné deux fois : d'abord pour vol domestique, puis, s'étant "homicidé lui-même", il sera, par sa famille, jeté dans l'oubli.

Quand Julien essayait de se souvenir des siens, il revoyait toujours parfaitement la ferme dans laquelle on l'avait amené, les autres enfants attablés et qui le regardaient, la femme qui parlait, avec son tablier à carreaux reprisé, avec ses sabots et ses chausses en laine grise, avec sa voix et l'odeur d'oignons, l'obscurité et la fraîcheur de la maison, mais de ses parents, rien ne lui revenait. Il y avait bien une main posée sur son épaule, seulement il ne savait plus à qui elle appartenait, si c'était celle de son père ou de la femme qui l'accompagnait. Il se souvenait de la table, une fois assis il pouvait voir dehors par la porte ouverte. Ce paysage en toutes saisons, dans l'encadrement de la porte, s'était nettement gravé sur sa rétine, plus que les personnes qu'il fréquentait ici et avec qui il devrait vivre désormais comme dans une famille. Quand il essayait de se remémorer les siens, c'est cette arrivée dans cette maison qu'il revoyait et peut-être la voix de son père qu'il entendait encore derrière lui, mais pas les mots, juste un ton, grave, une inflexion qui le rassurait malgré tout, et peut-être une main sur son épaule.

Il se souvenait encore moins du visage de sa mère, de sa voix, de son odeur. De celle qui l'avait mis au monde et qui en était partie le temps d'apprendre à rire, il ne lui restait que ce qu'il inventait en regardant les seins lourds des femmes et en respirant les fleurs et la transpiration.

Deux générations plus tard, Francis arrive au monde en trompettes. À dix-huit ans, il débarque à Paris avec un emploi en poche. Il vient d'obtenir ce poste en ingénierie mais qui se révélera trop compliqué pour lui. "Ce n'était pas fait pour moi, j'ai fait une dépression, et pendant tout ce temps-là, j'ai eu des manifestations. J'ai été hospitalisé." C'est en sortant de l'hôpital où il vient de passer un mois qu'il se rend à la Maison de Nanterre. Il y trouve un "répit". C'est le mot qu'il emploie. Le répit, aujourd'hui, est un temps de repos, de détente. Autrefois, c'était ce délai accordé pour le remboursement d'une dette, un suspens dans la poursuite des créanciers. Son origine latine l'associe au refuge, au fait de regarder en arrière.

Quelques années après, il obtient un poste à la RATP et achète une maison au bout d'une impasse à Saint-Ouen, qui donne sur un cimetière où sera d'ailleurs enterré son parrain. Il voulait y accueillir les défunts. Il ne pourra jamais habiter cet endroit. Il entassera jusqu'à étouffement. À nouveau il bascule dans une dépression. Les manifestations reviennent. Plus nettement cette fois. Il n'entend pas des voix. Il n'a pas non plus de visions. Il ressent une vive émotion, une impression très forte.

"J'étais rempli d'un mouvement lourd en moi, coupable, emporté par un élan puissant et je sentais en quelque sorte, dans mon corps implorant, qu'un aïeul venait demander pardon."

C'est ainsi. Ce qu'il ressent. Cet élan dans la poitrine. Qui ne peut pas s'avouer, qui veut être délivré. Les bras dénoués se tendent, s'ouvrent et les mains s'écartent "comme pour laisser des foules de gens tout nus sortir en pleurant de ma cage thoracique". Et l'aïeul arrive ainsi, entre en scène, fait irruption à la manière d'une bouffée, de vapeurs, d'une fièvre mais sans le délire. Francis ressent que quelqu'un cherche à dire quelque chose auquel il prête corps. Ou bien est-ce un rapt? Francis trouve dans cette crise des réponses à ses propres élans, à ses propres questions liées à l'enfermement. La vie de l'un va s'emboîter, par-delà le temps, dans celle de l'autre.

Un dimanche, lors d'un repas en Picardie, la famille est au grand complet autour de la table, et Francis évoque la visite de cet ancêtre, sa quête de pardon. Tous se taisent et écoutent, les couverts et la bouche en suspens. Un ange passe, Francis met les pieds dans le plat. Les deux grands-tantes se réveillent alors, se regardent les yeux exorbités et avouent dans un balbutiement désordonné qu'il y a bien eu des faits malheureux avec leur père, des événements graves. Personne ne connaissait ce qu'elles furent bien obligées ce jour-là de raconter. C'était un secret de famille. Tous avaient menti à l'époque, à cause de la honte sans doute, à cause de l'opprobre. Ils avaient dégoté un homonyme, un certain François Julien Desplanches, mort de vieillesse, et d'un commun accord avaient remplacé ainsi le pendu, l'avaient couvert, en jetant un voile sur le drame qui, de ce fait, était tombé dans l'oubli. Les deux grands-tantes ce jour-là s'animèrent. Ni l'une ni l'autre n'avaient jamais reparlé ni même évoqué la disparition de leur père, et non plus la difficulté qu'avait eue leur mère ensuite à les élever seule, tous les huit, et à les nourrir convenablement. Les grands-tantes n'avaient jamais ouvert la bouche à ce sujet et le temps avait fait son œuvre de morgue.

Ce jour-là, Francis enfile la chasuble blanche de l'apparition, elle ressemble étrangement à l'habit qu'il portait à la Maison de Nanterre, il devient une sorte de messager. Plus tard, à bien l'écouter, on ne comprend plus qui, de l'arrière-grand-père ou de la famille, doit pardonner à qui. Vient-il s'acquitter pour le vol commis ? Pour s'être pendu ? Ou pour avoir à son tour laissé sa famille ? Ou la famille demander pardon pour l'avoir oublié, abandonné une seconde fois ? (Comme l'hôte qui est à la fois celui qui accueille et celui qui est accueilli, le pardon est ici biface.) La faute, s'il faut parler de faute, est ancienne et semble venir des deux parts ou être la conséquence d'une série de manquements, erreurs, faiblesses, renforcée par le fait que ceux qui les commettaient justement ne demandaient jamais pardon, jamais personne ne revenait sur le passé alors il ne passait pas, et même tentait de se projeter, de poursuivre, de se réincarner dans l'avenir sous une forme identique ou presque, ou encore sous la forme d'un messager comme Francis ce jour-là. L'aïeul lui-même, sans cesse, aurait voulu s'excuser pour ce qu'il avait fait ou pas, il se sentait honteux, coupable de la mort de sa mère, coupable d'avoir été abandonné par son père, car il ne devait pas être aimable, c'était certain, pour être ainsi rejeté, il s'en voulait d'avoir trahi les siens et de ne pas avoir su aimer, il était navré d'infliger tant de peine, il demandait pardon aux orphelins de n'avoir pas été à la hauteur, sa culpabilité ne le laissait jamais en repos et, même mort, il errait, seul à faire peur. Il lui manquait tout l'amour, et quelqu'un devait le réhabiliter, renouer ce qui avait été sectionné, arraché.

Il pleut et la nuit vient déjà par le vasistas, je la vois et son vent rugit comme un paysage, un grand vent, je l'entends (il en existe de si puissants, capables de casser ou arracher des membres).

Je connais ce paysage depuis toujours et en toutes saisons également, ces champs à la nuit tombée par tous les temps, il fait frais à présent et les herbes sont couchées et ondulent comme la houle.

Non, nous n'avons pas de frontières, sauf dans nos fictions, et nous n'avons pas non plus la maîtrise des chemins.

Francis purge l'histoire. "Je suis un lieu de mémoire", dit-il.

"Et voici notre maternité !" lance Mme Boll. Construite en L, sans étage, avec son préau et ses colonnes ogivales, sa charpente de chêne, le long de laquelle circule une passerelle en bois sur pilotis que nous empruntons, l'ensemble a quelque chose d'exotique. "Et derrière, l'annexe psychiatrique, plus moderne." Architecture préfabriquée faite d'aplats, de pleins et de vides. C'est à partir de là qu'autrefois s'étendait le potager. Il paraît que la maison du gardien y est encore. "À l'époque, il y avait ici un lazaret pour les contagieux", dit Francis. Quelle drôle d'idée, à côté d'une maternité... Je demande : "Et cette friche là-bas ?

— Un jardin japonais", elle répond. (Avait-il pour objectif de calmer les fous ?) Ce n'est pas l'un de ces jardins secs composés de graviers ratissés en ondes harmonieuses autour de pierres en guise de montagnes miniatures, à l'apaisante sobriété, non, plutôt une pelouse aménagée d'une mare entourée d'ajoncs, avec une pergola et un pont en bois qui permet de passer d'une rive à l'autre et surtout d'admirer les carpes. Son inauguration, un jour de printemps 1987, un siècle exactement après l'ouverture de la Maison, fut joyeuse et pleine de promesses, "une sacrée fiesta !" dit Francis. Pendant quelques années, les corps pouvaient s'allonger dans le champ fluo de chlorophylle, se détendre au soleil et regarder défiler les nuages. Aujourd'hui, c'est à l'abandon. Un agent de la ville y passe une fois par mois, pour vérifier que la végétation n'envahit pas les lieux de manière incontrôlable, et pour empêcher les bêtes sauvages de s'y développer.

Quand je reviendrai seule à Nanterre, je me collerai au grillage, j'essaierai d'apercevoir, derrière les broussailles, la forme de la mare, qui ressemble à une virgule, et le pont en bois, comme un pont de lune propice aux apparitions. Je chercherai la maison du gardien mais je ne la trouverai pas.

Le silence règne dans la minuscule maternité, on la croirait vide ou en instance de destruction elle aussi, mais ce n'est pas le cas. Les fenêtres sont largement ouvertes. On ne croise personne, pas de parents, pas de famille en train de se réjouir autour d'un lit. "C'est une petite maternité, précise Mme Boll, vingt-cinq lits, et six sages-femmes." Je suis surprise du calme environnant, l'endroit semble désert, ou bien est-ce que les mères sont toutes en train de dormir quelque part contre leur nouveau-né ? J'entends soudain un hurlement, comme celui d'un animal. Je regarde machinalement Mme Boll qui semble ne pas l'avoir entendu. Cela venait-il de la salle d'accouchement ? Je tends l'oreille. De l'hôpital psychiatrique ? Du jardin japonais ? Le silence qui l'entoure le rend plus surprenant encore, ce cri, comme un trou.

Certaines cultures pensent que l'enfantement ouvre dans le corps des femmes une brèche, une béance qui les met en contact avec la mort. Les juifs orthodoxes récitent des prières pour que leurs épouses en reviennent sauves, pour que ça se referme, que la frontière à cet endroit-là se reforme.

L'aïeul, François Julien Desplanches, a grandi dans un siècle où la mort guettait les accouchements pour prendre la mère et l'enfant, et si ce n'était que la mère alors les maladies se chargeraient plus tard de sa progéniture, et si ce n'était que l'enfant, il y aurait pour la mère d'autres occasions. C'était une bataille. Il a survécu, mais pas celle qui l'a mis au monde (je l'appelle Aimée et je l'imagine toujours dans un champ, chavirée, ou dans un fossé, abandonnée, dans sa jupe écarlate). Deux générations plus loin, c'est la fille de Julien, la grand-mère paternelle de Francis, qui sera elle aussi, à son tour, emportée. Les hôpitaux étaient alors saturés par les hurlements des mères qui n'en revenaient pas, qui se retrouvaient aspirées, gagnées, gangrenées, et personne ne voulait y regarder. Cette trouée vers l'obscurité terrorisait, les hommes préféraient chercher des réponses du côté de l'atmosphère, on scrutait le ciel, tout plutôt que les entrailles des mères. Un cauchemar !

"Enfin les gens sont traumatisés, faudrait voir à apaiser les choses avant de mourir, que chacun règle ses affaires parce qu'après sinon... On marche sur des morts ! On vit dans leurs restes en quelque sorte, agités, bruyants !" lance Francis dans le hall du RER en faisant claquer sa paume sur une des machines. Certains usagers se retournent. Je souris pour les rassurer. C'est pour cela qu'une pièce de son appartement devait être consacrée à la prière et aux défunts. Francis projetait de recevoir les revenants, d'organiser des réunions, des thérapies, pour que ceux-là puissent exprimer ici ce qu'ils n'ont pas eu le loisir ou la force ou le temps de dire, que cela soit entendu des vivants, qu'ils puissent enfin trouver consolation et délester ceux du présent de peines et de souffrances qui ne sont pas les leurs. Et que les vivants rendent à leurs morts ce qui leur appartient. Il voulait en finir avec les enchaînements, rompre certains liens pour en libérer d'autres.

"Mes aïeux, reprend-il, ont grandi sur des sols dévastés par les combats !"

Chauny. Évidemment les cloches, le canal, évidemment la petite école avec sa cour aux grands tilleuls, évidemment le calvaire et le soldat inconnu, les listes de noms et de dates, évidemment le drapeau qui flotte et qui claque au vent, les commémorations, les trompettes... Toutes ces guerres, jusqu'à celle qu'on appelle la Grande avec ses vingt millions de morts et autant de blessés, ont rempli les sols. Comment les femmes ont-elles survécu à autant de deuils ? (Et comment les hommes survivaient-ils à leur femme fauchée en couches ?) Chauny, Laon, les plaines de Picardie n'ont fait que contenir des corps, les guerres ajoutaient des morts aux morts, les sols en étaient pleins, enfouis, ceux tombés à cheval sous les balles ou dans la boue des tranchées, gazés, bombardés, gisants sous mille éclats d'obus. Ici, la terre (on y retrouve encore des tunnels avec des restes anonymes, certains descendants n'ont pour obsession que de fouiller pour déterrer leurs disparus, vérifier des dires, mettre des noms sur des squelettes, donner un visage à l'informe), les arbres et leurs racines sont gros de larmes et de cris, et même l'eau ne parvient pas à faire son travail de vidange, de grand nettoyage de printemps, non, le printemps revient chaque fois, certes, la nature se fiche bien de nos batailles, mais dans les regards de ceux qui vivent là, la belle saison peine à se colorer, à surgir, dynamique, elle prépare aux cultures de patates ou de betteraves en ouvrant des tranchées dans ses champs gris avec une lourdeur que même l'été ne réussit pas à soulever (craignant toujours de voir une main sortir de terre, se tendre vers le ciel, comme dans ce conte dans lequel un petit garçon entêté finit par tomber malade et mourir, et les hommes ont beau l'enterrer, son bras se tend hors de la terre et chaque fois qu'on le replie et qu'on le recouvre, il réapparaît, inexorablement, jusqu'à ce que sa mère elle-même arrive pour s'en occuper, alors l'enfant peut enfin reposer). Pourtant, chaque année, sur ces grandes étendues chantent les grillons. On ne peut pas dire qu'ici on se plaignait, non, les gens étaient même d'apparence joyeuse, enclins aux travaux et aux gosses. Même l'arrière-grand-père, dont la bonne femme préférait s'abstenir, en a eu huit. La vie, quoi.

François Julien sera parti juste avant les grands carnages, avant les autres, seul jusqu'à la corde. Il appartiendra toujours à l'autre siècle, oublié, enseveli sous un nom, le même mais ayant appartenu à un autre, sans drame celui-là sinon celui d'une mort naturelle et pratique pour se laver de la honte. L'inconnu a donc épongé, absorbé et nettoyé, lui qui n'avait rien demandé, mais les vivants se servent. Après tout, les morts ne font-ils pas de même ? Des années après, parfois dans d'autres siècles, ils reviennent et empruntent un corps, une voix, souvent à leurs arrière-petits-enfants, pour se faire entendre, il n'est jamais trop tard pour parler, le temps n'est pas une ligne droite. On y croit ou pas. Je me demande pour ma part où se logent ces mémoires-là, dans quelles cellules, dans quelle partie de l'ADN, filant comme une rivière d'un ventre à l'autre...

L'irruption de l'aïeul et la révélation du secret de famille vont pourtant redonner sens et énergie à la quête de Francis, c'est une épiphanie. Il n'est plus seul. Pris d'un nouvel élan, il cherchera sa prison de manière active, d'abord à la Maison de Nanterre auprès de laquelle il entamera même des démarches administratives (elles n'aboutiront jamais), puis auprès du commissariat de Saint-Denis où il se rend chaque soir avec son sac de couchage. "C'est une manifestation, une révolte", explique-t-il, déterminé. Il rencontre des juristes, des avocats, se fait aider par son psychiatre pour monter un dossier. Il y a un commissariat à Noisy-le-Grand où il travaille, alors pourquoi Saint-Denis ? "Parce que c'est la route", répond-il tout simplement.

Entre Saint-Denis et Nanterre, autrefois, il n'y avait qu'une route, celle sur laquelle a été construite la maison de répression, et ceux qui sont sortis du cachot en 1887 l'ont tout simplement suivie pour changer de prison. Francis faisait, lui, le chemin inverse, il retournait vers l'ancien établissement, il remontait le temps. Francis s'intéresse aux plans des routes, à leur construction, leur réseau le fascine. Du haut d'un pont, il observe le trafic, un mystère, ça fonctionne sans accident ! Ça tient pour lui du miracle. Mais ces artères aussi le tourmentent car il ne se sent pas capable, lui, de filer en les suivant avec autant de dextérité et de souplesse. Elles le hantent, se transforment la nuit en des dessins abstraits qui deviennent des lacets, des serpents qui s'enroulent autour de son cou. Il emprunte, quand il ne bifurque pas, les mêmes parcours, les mêmes transports depuis des années, circulant entre Nanterre, Saint-Ouen, Noisy-le-Grand et Saint-Denis.

Lorsque Francis me rejoint à Nanterre pour la visite, prétextant un problème de RER, il décide de venir en marchant, comme souvent il l'a fait par le passé, je l'imagine se moquant des routes et des trottoirs prévus à cet effet, je le visualise toujours en train d'enjamber, de couper à travers des zones, à vol d'oiseau, tranchant dans des friches, des terrains vagues, des résidences, ne s'arrêtant pas aux murs, clôtures ou autres délimitations, traçant par des parkings, contournant des usines, traversant des échangeurs avec une liberté jalousée, trottinant, ne touchant plus terre, léger, presque trop.

Mais dans la répétition de ses trajets vers les prisons déjà, on devait y discerner les traces d'un fantôme. Il n'y avait plus qu'à écouter, à faire entendre la voix. Les jambes de Francis semblent suivre ou répondre à une ancienne psalmodie. Est-ce la mémoire du corps ? Celle des cellules ? Est-ce que le chant s'incarne au bout d'un moment ? Il y a pour Francis d'obsédants trajets, du moins ne cesse-t-il pas de les emprunter : l'arrière-grand-père traversant son pré en tirant sa charrette de blé (dans une nuit qui ne cesse de se répéter), la direction qu'il aurait dû prendre à la suite de cet incident s'il avait comme prévu purgé sa peine, à la même époque, la marche des prisonniers de Saint-Denis à Nanterre, Francis enfin, se rendant la première fois à Nanterre à pied, comme appelé lui aussi, à la suite du reportage qu'il venait d'entendre, et à partir de là et pendant des années, accédant au dépôt par moult moyens, par le car des bleus, par la gare de Bezons, par le RER A, et même encore aujourd'hui à pied, comme un tropisme.

Il faut aussi prendre en compte les trajets de Francis allant de l'appartement de Saint-Ouen à Noisy-le-Grand où il travaille, puis de Noisy-le-Grand au commissariat de Saint-Denis, des déplacements vers l'est qui, par symétrie, vers l'ouest, le ramèneraient encore à Nanterre, peut-être. Que veulent dire ces sentinelles ? Si l'on s'amusait à tracer tous ces chemins sur des feuilles de papier calque et qu'ensuite on les superposait, ou si on les pliait en deux, on y trouverait sans doute des similitudes, des symétries, des rappels, des rencontres, des nœuds, des dessins apparaîtraient, des formes dans le pliage, un message peut-être. Voulant immédiatement chercher la définition exacte et l'origine de ce mot "sentinelle", que je sais faux et inapproprié mais qui se présente à moi spontanément, c'est sur le mot "ordre", que, par je ne sais quel accident miraculeux, s'ouvre la page sur mon écran (les accidents ont la faculté parfois de pouvoir être des miracles, dans le pur sens du mot puisqu'imprévisibles et imprévus, ils nous tombent dessus, nous éclatent à la figure). Et j'entends Francis m'expliquer son incapacité à ranger, à donner un ordre aux choses. Et aussitôt c'est ma propre incapacité à ordonner, à hiérarchiser, à synthétiser qui me saute aux yeux. L'ordre, d'abord, est religieux. Il organise la hiérarchie religieuse qui se rassemble autour d'observances et de règles communes. L'ordre distribue à chacun. Comme on range les enfants ou les clochards en file indienne pour que chacun prenne sa part de soupe. Mais à la Maison, pour beaucoup qui s'agglutinaient dans les couloirs, contre les murs, en attendant le coup de sifflet qui ouvrirait les portes du réfectoire, l'ordre ne prenait corps que par les obligations du règlement qui ponctuaient les journées. Il se liquéfiait, l'ordre, quand on les voyait, les hébergés, dans les jardins, sur les chemins, ou derrière les fenêtres, debout, immobiles, ou en train d'errer. Ou lorsqu'on voyait ces corps abandonnés dans le car ou sous la douche, ruinés, "Foutez-moi à la poubelle !" hurle une femme tandis que Mme Boll se recoiffe, lisse les plis de sa jupe, touche sa médaille. On range pour y voir plus clair. Dans les lieux de relégation, on trie les valides et les invalides, les prisonniers et les indigents, les vieux et les jeunes, les hommes et les femmes. L'ordre est un arrangement logique. Il convient aussi d'un rythme, d'une certaine régularité. Il y a de la musique dans l'ordre et quelque chose de mathématique. C'est sans doute pour cela que Francis s'est intéressé pendant des années aux nombres premiers et à l'harmonie.

Sentinelles donc que ces chemins, que ces tracés, ces foulées. Ces processions. Me reviennent les nuées de monarques. Et ailleurs, les montées au Stromboli, à pied, de nuit, ces lampes frontales au lointain qui chaque année tremblotent, se suivent et forment ensemble des lignes et des lacets jusqu'au sommet brûlant. Ou encore ces défilés d'enfants auxquels ma grand-mère participait à Pâques et qui consistaient à se vêtir de blanc et de fleurs sur la tête, une bougie entre les mains et allant chanter par la campagne jusque dans les villages voisins, par les chemins vicinaux justement. Des ribambelles, elle appelait ça. Les ribambelles étaient aussi des rubans qui se balançaient dans le vent. Des liens. Des frises d'un même bonhomme découpé dans du papier que les enfants déplient ensuite pour en obtenir autant que les pliures le permettent. La sentinelle est militaire, elle sert à guetter. La procession est religieuse, elle a pour fonction d'aller vers un personnage important ou de l'accompagner.

Mais pour Francis, ne faudrait-il pas sérieusement envisager la case prison, pour se purger, pour en sortir, pour enfin naître à nouveau ? Ne faudrait-il pas qu'une maman s'en occupe et l'enveloppe de ses bras, forme avec son amour un matelas entre lui et le monde pour qu'il puisse le supporter, s'y ancrer, s'y accrocher ? Ne faudrait-il pas accoucher de lui encore ? Qu'il renaisse, rafraîchi, débarrassé de ses fantômes, pour tenter d'aller hors des sillages de la parentèle, profiter de ce grand champ vide qui s'ouvrirait alors devant lui, de cette lumière soudaine, de ce matin frais et de cet abandon à lui-même, cette fois, revenu au monde, pour faire sa petite pousse, sa branche, pour voir, pour respirer, pour laisser les morts et les ancêtres sur leur chemin à eux et faire le sien propre, un chemin neuf comme un sou neuf. Et se faire ses repères – mais à ce mot, ce sont les pères qui reviennent... les repaires, qui veulent dire "rentrer chez soi, dans sa patrie". Est-ce qu'on peut s'en sortir avec les mots ?

Je me réveille une nuit, j'entends Nanterre : "N'enterre". Ils sont mal enterrés ceux-là, voilà ce qui me traverse, ils reviennent alors, errants, n'arrêtent pas de se manifester. Peut-être s'agissait-il de cela aussi, pour l'aïeul, d'un enterrement qui n'avait pas eu lieu, du moins pas comme il se doit, d'une cérémonie d'adieu à imaginer, avec des gens, des fleurs, des mots et des chants. Qu'arrivent maintenant les papillons ! Chacun a besoin d'être honoré.

La veille, je m'étais rendue à Nanterre dans le but de visiter le cimetière de la Maison. Je connaissais son existence grâce aux documents d'archives, et Francis, lors de la visite, l'avait évoqué : "Il y avait un cimetière jusque dans les années 70, et la morgue était là-bas, avait-il précisé en désignant la grande infirmerie, derrière. On y entrait par une toute petite porte dissimulée." Mme Boll l'avait observé, dubitative, elle n'en avait jamais entendu parler. Quelques jours plus tard donc, sur un coup de tête, j'étais revenue pour le cimetière, pour vérifier s'il était encore là, le voir de mes propres yeux. Je ne m'étais pas organisée pour ça, je pensais qu'il n'existait plus, sur internet il était indiqué "désaffecté". Sur Google Earth pourtant, le matin, je l'avais vu se dessiner, comme un carré de verdure au milieu de la zone industrielle. J'avais l'adresse, 27 avenue du Cimetière, facile. À partir de la Maison, il fallait suivre l'avenue de la République, tourner rue des Saules après la mosquée, passer sous l'A86, puis prendre la rue du 1er-Mai, en longeant l'autoroute. Je reconnaissais sur ma droite les lettres jaunes de Métro, sinon rien que des cubes, des parallélépipèdes gris, des grossistes, des enseignes publicitaires, des camions, des bus, des friches avec du matériel automobile entreposé, et enfin l'avenue du cimetière. C'était là. Des bus étaient stationnés. Un chauffeur fumait une cigarette, il me regardait d'un drôle d'air. On n'arrivait pas là par hasard, on ne se promenait pas dans un endroit pareil, il n'y avait aucune raison de se rendre dans cette impasse déserte, et je voyais bien que le conducteur me zieutait bizarrement. J'étais cependant allée au bout jusqu'au portail fermé. J'avais cru d'abord me tromper d'entrée mais un petit écriteau cloué au mur prévenait le visiteur qu'il fallait demander les clés au poste de sécurité du Cash de Nanterre. (J'étais donc, finalement et contre toute attente, tombée dessus.) En grimpant sur une carcasse de voiture, je m'étais hissée en haut du mur d'enceinte pour jeter un coup d'œil de l'autre côté. C'était un triste paysage de croix en béton, alignées, bringuebalantes, toutes les mêmes, une désolation. Il y en avait beaucoup, plantées directement dans la terre, sans décorations, sans fleurs, aucune plaque, aucune épitaphe, comme pour des soldats. Elles quadrillaient cet immense champ à l'instar d'une nécropole militaire où l'ordre et la rigueur manifestent le nombre et l'anonymat, intimant au silence. Mais contrairement aux cimetières militaires, où les pelouses sont parfaites, l'aspirateur semble même y avoir été passé, ici l'herbe poussait verte et haute au milieu des croix muettes. J'allais donc récupérer les clés et revenir. En France, presque toutes les nécropoles se situent dans le Nord, pensais-je en repartant vers le Cash, sur ces terres plates qu'aucune guerre n'a épargnées, à Chauny par exemple, où Francis a grandi, ou près de Laon où son arrière-grand-père a passé sa vie, non loin du chemin des Dames. Dans ces lieux tristes, quelque chose d'effrayant échappe, c'est ce grand vide, l'absence des corps, car ils sont restés là-bas, dans la terre des combats ou sur les champs de bataille, à se battre, à demander secours, à ramper sans trouver le repos. (Et l'on croit y entendre le chant ralenti des grillons, cet étrange chœur.)

Le portail ne bougeait pas. Il était rouillé, il n'avait pas dû être ouvert depuis très longtemps, je forçai, les saisons avaient joué sur lui, il céda enfin après plusieurs coups de pied. Je n'osai pas le refermer derrière moi de peur de me retrouver coincée, je le bloquai avec une pierre. J'avançai, m'éloignai de l'entrée, guère rassurée, me dépêchant un peu. La colline était douce, pourtant, pleine de soleil et de vent. Je ne découvrais pas grand-chose de plus que cet océan de croix que j'avais vu s'étendre en regardant par-dessus le mur, des croix parfaitement alignées, piquées de mousse et de lichen, certaines couchées par terre, d'autres en train de s'affaisser. Sur chacune, un emplacement était tout de même prévu pour inscrire les noms, prénoms, âge et date de la mort. Des "Monsieur...", des "Madame...", des "Mademoiselle...", des "Petit ange..." mais la plupart étaient vides, sans écriteau, rien. Au pied de certaines était plantée une tige supportant un cœur de métal. Ce n'étaient pas vraiment des cœurs mais d'anciennes pièces en ferraille à deux oreilles qui avaient été récupérées pour faire office de. Le numéro de matricule était gravé dessus. Quelques couronnes de fleurs en plâtre se décomposaient dans l'herbe. Au centre, il y avait une stèle blanche, une colonne tronquée. L'endroit, protégé par une enceinte, semblait complètement oublié dans la zone industrielle, préservé d'elle, aussi, seule une grosse antenne s'élevait à l'ouest. C'était paisible ici, l'air et même le temps semblaient différents.

Je m'attendais à tomber sur un terrain vague, un chantier, tout au plus un cimetière communal avec éventuellement une pierre pour ceux de la Maison, ou dans un recoin un carré des indigents, mais la parcelle entière leur était dédiée. Dans un des bulletins de la Société d'histoire de Nanterre, j'avais lu que ce cimetière avait été en service durant un siècle, et qu'il avait fermé en 1999, juste avant la nouvelle ère. Maintenant l'espace était clos. Il fallait demander la clé. Aux archives, j'avais noté cette émouvante "Commande de boutures de chrysanthèmes" un jour d'avril 1912. Et je me souvenais aussi avoir lu que chaque année, à la Toussaint (à l'arrivée des monarques au Mexique), un petit comité se réunissait dans ce champ pour fêter ces morts inconnus. Chacun pouvait dire un mot, un poème, une chanson.

La Maison de Nanterre avait donc sa maternité et son propre cimetière. Il semblait nécessaire que, dès sa construction, elle possédât son propre lieu d'inhumation, à quelques pas de sa propre morgue, car il fallait bien les mettre quelque part, les prisonniers, les hébergés, les vieux et les vieilles de l'hospice, quand ils mouraient. Personne ne venait les réclamer. À l'époque, le cimetière et la Maison étaient encore reliés par le potager, les champs, et sans doute que, de la Maison, on voyait le cimetière et du cimetière, la Maison. Il avait été tracé entre la rue des Grands-Prés et le chemin de halage le long des rives de la Seine, sur les Grandes Grèves, ces espaces plats, faits de graviers, de sable et de limon argenté qui bordent les océans. Sur les grèves, en général, on s'échoue. Placé en hauteur sur la dune, lors des grandes crues de la Seine, il devenait une île. À la place des Grands Prés, de l'étang des Grandes Lunes, et bordant les Grandes Grèves, tout avait l'air grand, étendu, parfait pour construire, alors peu à peu, des sites industriels avaient vu le jour entre les deux guerres et remplacé les quelques fermes et résidences secondaires, ils avaient rempli et investi ces vastes espaces. À se demander comment cet îlot de croix avait pu tenir jusqu'ici.

Dans les années 1930 et 1950, le quartier du Petit-Nanterre avait accueilli des émigrés pour y bâtir des structures, des industries, la ville se développait fissa et cela demandait de la main-d'œuvre. Les ouvriers campaient dans des bidonvilles. Certains avaient fini par se faire expulser, la Maison s'était organisée pour les recueillir. Puis des logements sociaux avaient été construits.

Il y avait les Pâquerettes où les Algériens étaient installés, les Castors, les Canibouts, les Potagers. La cohabitation n'avait pas toujours été facile, le gardien du jardin se plaignait de vols de fruits et de légumes, même une ruche avait disparu ! Et ce qu'il restait de plantations, les chiens errants bien souvent le saccageaient. Ainsi le paysage autour s'était-il rapidement transformé et rempli, mais la Maison, elle, ne bougeait pas, elle semblait planer comme un vieux spectre entre les barres d'HLM et la zone industrielle et commerciale, ses concessions de voitures, ses grandes enseignes du bricolage et de l'électroménager, et le trafic de l'A86. Dans les années 1970, on voyait encore passer régulièrement d'étranges convois mortuaires tirés par un cheval nommé Bayard. Le bayard était autrefois cette civière sur laquelle on portait du linge, des fleurs, des céréales, ici, des morts. Vision sombre et fantomatique traversant le quartier alors en pleine expansion vers le cimetière désert où des auxiliaires de la Maison, jouant les fossoyeurs, prenaient des poses à la Shakespeare.

À quelques encablures de là, sous le quartier du Plateau cette fois, le plus peuplé de la ville aujourd'hui, et le plus haut, quelques touffes d'herbes rappellent les champs, les vignes et l'histoire de la colline, mais les petits pavillons et les HLM ont tout recouvert pareillement, ce sont des ermites qui étaient enterrés là entre le XVe et le XVIIIe siècle. Ils vivaient sur cet îlot du mont Valérien, eux aussi reclus, autour d'une source d'eau. Plus tard, pendant la Première Guerre mondiale, des soldats se rassemblaient ici autour d'un grand projecteur installé pour guetter les avions ennemis. À la Seconde, ce sont les résistants qui y tombaient, sous les balles des nazis. Ainsi, sous cette colline sont aussi inhumés des morts pour la France. Pour eux, un mémorial a été dressé.

Pour ce qui est de la Maison de Nanterre, aujourd'hui, on ne parle plus de cet endroit avec ces croix anonymes et alignées. Mme Boll, qui s'occupe maintenant entre autres des visites, a oublié l'histoire ou ne la connaît pas. Tout comme elle ignorait l'existence de la salle de spectacle. Pourtant, Francis s'en souvient parfaitement, lui qui n'aime pas beaucoup les spectacles. Il ne les comprend pas et cela l'angoisse. Il se rappelle, petit, à Chauny, les chapiteaux qui se dressaient d'un coup dans la nuit, et au matin la voiture qui interpellait les enfants pour qu'ils viennent admirer la ménagerie. Il avait peur des clowns criards qui ne le faisaient pas rire et des ribambelles de gamins à tête d'adultes, en costumes argentés, déchirés et sales, qui envahissaient le village. Un cauchemar pour lui.

J'en étais, pour ma part, à faire des rêves de prisons dans lesquelles se déroulaient de curieux numéros : je rêvais d'une salle au plafond bas. Sur la scène, surélevée et encadrée par un rideau mordoré, se tenait un couple de magiciens, elle portait une robe noire moulante en lamé dont les formes et le scintillement excitaient la vue, lui un costume violet, pas moins entêtant. L'homme souriait et penchait la tête, il claquait des doigts et la femme devenait toute raide comme une planche de bois, son corps tombait d'un coup sec quand les bras de l'homme se levaient. Il la retenait avec ses mains, puis, accompagnant le mouvement, l'allongeait à l'horizontale dans les airs, en lévitation. Le corps de la femme flottait. Ses mains à lui au-dessus de son ventre à elle, comme s'il la retenait par des fils ou qu'il cherchait à lui extirper quelque chose des entrailles, il faisait un geste vers l'assemblée, invitant les spectateurs à venir sur scène. Alors un à un, timidement au début, se regardant les uns les autres, les hébergés commençaient à se lever, puis peu à peu, tous suivaient. Ils montaient les quelques marches pour accéder à la scène et, de là, le magicien leur proposait de passer sous la femme, sans doute pour prouver que l'effet était réalisé sans trucage. Alors, à la queue leu leu, avec leurs sabots qui résonnaient et leur costume particulier, ils marchaient maladroitement, un par un se pliaient en deux pour passer sous le corps de la dormeuse, avançaient à quatre pattes, comme ils pouvaient, dessous, et se redressaient quand ils avaient dépassé les pieds. Ils redescendaient ensuite de la scène par un autre escalier. Certains prenaient ça pour un jeu et se tordaient de rire, d'autres n'osaient pas et affichaient des drôles de mimiques, l'un se mettait à crier comme un nouveau-né. C'était un tableau digne de Bruegel ou de Bosch. Un triptyque. Car de chaque côté de cette scène centrale, sur des volets de bois, étaient peints d'immenses portraits. On reconnaissait d'un côté la dormeuse et de l'autre, le magicien. Les volets se refermaient à la fin du tour, pour former un autre portrait. La tête qui apparaissait, comme une icône, était celle de Francis. Je me réveillai.

Les morts de la Maison, comme ceux des prisons, n'étaient pas toujours enterrés. Bien souvent, aucune famille ne venait récupérer les corps, aussi étaient-ils parfois livrés à la science et partaient-ils à l'étude, cela ne faisait pas scandale. Francis était au fait de la chose, qui se pratiquait depuis longtemps. Le cadavre d'un voleur avait servi en 1632 à *La Leçon d'anatomie du docteur Tulp* de Rembrandt. Dans cet immense tableau, on ne voit que la main écorchée du bandit ; ses couleurs primaires, criardes comme une provocation, éclatent au milieu de l'austérité grise et noire des chirurgiens qui pour autant ne la regardent pas, non, ils se tiennent autour, graves, leurs yeux nous fixant ou s'accrochant au professeur qui, de sa pince, tire un muscle du poignet afin de montrer le mouvement que celui-ci provoque dans les doigts. Les médecins étaient prêts à payer cher pour cela, ils s'étaient costumés pour l'occasion, portaient des fraises immaculées autour du cou. C'étaient les débuts de la dissection. Les séances étaient organisées, l'hiver, à la chandelle. Certaines, transformées en spectacles, ouvraient leurs portes au public, s'ensuivaient un festin et parfois même une retraite au flambeau. Dans ce tableau, seul le mort anatomisé n'avait rien réclamé ni rien donné pour y paraître. On ne lui avait d'ailleurs pas demandé son avis. Surnommé Kindt à cause de sa petite taille qui le faisait ressembler à un enfant, il avait été accusé de vol et d'agression, et pour cela, amputé puis condamné à la pendaison. À l'examen du tableau, le scanner avait révélé que sous l'image de la main se trouvait le moignon. Le peintre avait donc changé d'avis, c'était le membre fantôme, la main délictueuse qu'il avait décidé de mettre en lumière, d'ouvrir au scalpel et d'exhiber. À bien y regarder, il semble qu'il avait tout à la fois voulu la brandir, la réhabiliter, la questionner. Les mains du professeur, elles, sont suspendues dans leur démarche instructive, en parfaits petits outils dédiés au travail ici exposé.

La main – la Maison le savait et voulait en être la garante – devait en effet servir d'instrument à l'homme, à la société, et sans aucun doute, celles qui volent ou qui se tendent dans les rues pour quémander dysfonctionnent. Celles des pickpockets, agiles et lestes comme des danseuses, des magiciennes, d'où tiennent-elles ce savoir-faire, cette autonomie, cette audace ? Organe préhensile (comme le montre Rembrandt) qui saisit d'abord pour manger, qui communique, écrit, dessine, manie, fabrique, touche, la main, sensible enfin, connaît le monde à elle seule et sait des choses que nous ignorons. À ces pognes rebelles et dramatiques, il fallait des heures de rééducation pour apprendre les bons gestes, du moins les gestes jugés bons. Le corps, il fallait le forcer, le tordre pour redresser l'esprit, cela finirait par donner des fruits.

La poigne, la Maison connaît. Elle avait été, ironie du sort, pionnière en France grâce au Dr Marc Iselin qui avait donné à l'hôpital sa renommée, en ouvrant la première unité spécialisée en la matière. Dès 1905, il s'était doté d'un appareil de radiologie, et la chirurgie de la main s'y était développée.

Dans la salle d'attente de la section microchirurgie à l'hôpital de Nanterre, il y en a une en plastique qui tourne encore toute la journée sur son socle, dénudée afin qu'on puisse l'observer sous toutes ses coutures : les muscles rosés, les tendons bleus, fléchisseurs et extenseurs, les nerfs jaunes, radial, médian, ulnaire, le tube du canal carpien, et puis les os blanchâtres, phalanges, carpe, métacarpe, qu'on aperçoit grâce à une coupe transversale savamment effectuée.

Mais revenons aux corps, livrés à la science, de ces voleurs, prisonniers, sans-abris, hébergés en dépôt de mendicité. Ils constituaient une matière peu onéreuse et facile à récupérer, personne ne s'en souciait. Aujourd'hui encore, ils peuvent servir aux expériences, il arrive même qu'on les retrouve exposés dans des galeries, des musées. La science use parfois du show, en brandissant des écorchés, des cadavres plastinés, siliconés dans des mises en scène en son et en lumière qui font le tour du monde, de Tokyo à Las Vegas en passant par Heidelberg. J'avais encore ce projet, retracer la vie de l'un d'entre eux, un sujet à creuser comme disait Francis, marquée par cette exposition *"Body Worlds"*, de l'anatomiste allemand Gunther von Hagens, autrement appelé "Docteur la Mort". Quand j'écris son nom, une odeur de viande crue me monte au nez, en même temps que l'image des muscles rouges et luisants, comme vernis, éclate à mes yeux. On se promenait, dans cette exposition, au milieu des morts, en oubliant complètement que ceux-là étaient bel et bien des cadavres. Ils avaient été trempés dans des bains d'acétone, dépecés, asséchés, remplis de silicone, de résine époxyde et de polyester, comme des pantins, puis soumis à des températures et des gaz qui les avaient figés et fixés. Les corps avaient été épluchés comme on dénude un fil électrique ou comme on retire la peau d'un lapin (d'ailleurs von Hagens se montre toujours en public couvert d'un chapeau qui le fait ressembler comme deux gouttes d'eau à Joseph Beuys, cet artiste performeur qui a donné une conférence sur l'art à un lièvre mort), encore frais, ils semblaient intacts, avec leurs muscles, leurs ligaments, leurs veines, le système nerveux, colorés, recolorés pour être plus réels, ainsi rendus plus vifs encore, chacun mis en scène dans des positions la plupart du temps sportives, mettant en valeur leur anatomie, parfois des accessoires entraient en jeu, javelot, poids, vélo, on trouvait aussi un joueur d'échecs et une femme enceinte avec son fœtus, parfois des incisions, des découpes ou des fragmentations avaient été pratiquées dans les corps pour pouvoir mieux encore les observer.

L'exposition, prétendument pédagogique, faisait scandale, jugée amorale, la mort y était rendue esthétique, spectaculaire et rentable, à la limite de la légalité. Les spectateurs y affluaient sans discontinuer, des écoles entières réservaient. Docteur la Mort devait répondre à tellement de commandes qu'il était bien forcé sans doute de tout accepter, sans regarder, même au détail, et ça devait être un bon commerce de se saisir d'un vagabond, *zum beispiel*, d'un prisonnier comme d'un sans-abri, pour le vider d'abord de ses organes (et les vendre en barquettes pour la greffe, par exemple) puis négocier un bon prix pour le reste ainsi prêt à l'emploi, auprès du fameux Gunther! Je voulais enquêter, retrouver au moins le nom d'un écorché, retracer sa vie jusqu'ici. J'en avais trouvé un vraiment spectaculaire : le Coureur. Un joggeur en pleine course, un pied en l'air, en plein élan dans sa foulée, des incisions en pointe avaient été pratiquées dans le dos à vif, donnant à voir tantôt des picots de chair, tantôt des lambeaux, des épaules jusqu'aux fesses, mais aussi des poignets jusqu'aux épaules et des chevilles jusqu'aux cuisses, d'autres encore sous le pied levé, donnant des ailes à l'homme et surtout cette impression de mouvement, de vitesse. On pouvait y voir quelqu'un en train de fuir, pourtant son visage était impavide. J'imaginais qu'en cherchant peut-être je pourrais retrouver qui était cet homme avant qu'on le transforme en cette chose éviscérée qui n'avait d'humain que l'anatomie, je pensais que peut-être je pourrais même trouver un sens à son histoire. Naïveté... On ne peut tout de même pas envisager sérieusement que le hasard fasse si bien les choses, sauf à transformer Gunther en un voyant démiurge, pour qu'un jour, débarquant dans la famille retrouvée de l'écorché, je leur apprenne que j'ai retrouvé leur père, qu'il fait le tour du monde, en joggeur, dépouillé comme un lièvre, à vif, les dorsales entaillées pour permettre au public non seulement de visualiser ses muscles en coupe mais également pour donner du mouvement à ce corps, et qu'on croie voir Icare, dans sa chute, arrêté, le dos en feu, et des ailes ce qu'il en reste, pour que la famille, baba, vous réponde que l'ancêtre rêvait de s'inscrire au grand marathon de New York.

Retrouver la famille d'un écorché est impossible. Dédale von Hagens lui-même ne connaît rien des cadavres qu'il achète, sinon et mieux que quiconque leurs nerfs, leurs veines, leurs muscles, leurs organes. Mais ce sont des corps vidés d'histoires, sans passé et sans sépulture. Ils laissent un vide dans les familles, un trou dans la photo.

Ceux qui ont signé le contrat de consentement pensent pour leur part, comme les chirurgiens du tableau de Rembrandt, que ça les rendra immortels, qu'ils déjoueront la mort, échapperont à la putréfaction.

Les écorchés vont-ils maintenant accompagner voire remplacer dans les écoles les bons vieux squelettes Oscar ou Anatole ? L'anatole indiquant également une suite d'accords formant le squelette d'un morceau de musique, un écorché donnera-t-il un jour lui aussi son nom à la musique ? Un nom courant, un nom de notre époque, Paul, Billie, Emmanuel.le, pour qu'on puisse se projeter, ou Gunther tout simplement. Il est rare cependant de trouver encore de vrais squelettes dans les salles de classe. Le célèbre Dr Auzoux fut le premier à les interdire. Pour éviter de se servir des morts, le Dr Auzoux fabriquait des squelettes, des corps entiers ou des morceaux du vivant, de véritables petits chefs-d'œuvre artificiels, voués à l'observation et à l'étude. C'était un enfant bricoleur, créatif et doué d'imagination, né dans le village normand de Saint-Aubin-d'Écrosville, à la fin du XVIIIᵉ siècle. Quand d'autres attrapaient des papillons ou des insectes pour faire des collections ou des expériences, lui se contentait de les observer, s'entraînait à les dessiner, à les reproduire, scrutait la nature sous toutes ses coutures. Devenu jeune homme, il suivit des études de médecine à la capitale. Élève studieux et déterminé, il s'intéressait de près au travail de Jean-François Ameline, un chirurgien et professeur qui confectionnait d'étranges mannequins anatomiques articulés avec du carton, du papier mâché et des os ou des squelettes naturels. Il examinait aussi les méthodes et le savoir-faire des fabricants de poupées, de pantins. Il travailla avec acharnement pour concevoir et fabriquer des archétypes réalistes, pratiques, sans véritables os, mais à base de papier mâché et d'une poudre de liège qu'il composait lui-même et qu'il appelait sa "terre". À l'époque, il existait déjà des modèles artificiels en ivoire, en plâtre ou en terre cuite, on en trouvait parfois sur les marchés parce que leurs vertus pédagogiques n'intéressaient pas seulement les futurs médecins, cette femme allongée sur le côté en train d'accoucher par exemple. Ces figurines restaient relativement sommaires. Et puis venant d'Italie, il y avait les cires, véritables œuvres d'art, mais alors bien trop onéreuses pour l'étude. Se développaient en parallèle des modèles naturels obtenus par dessiccation ou assèchement, mais cette technique donnait à voir des corps troués, lacunaires, tels les écorchés de Fragonard, son cavalier, on peut le voir au musée de l'École vétérinaire de Maisons-Alfort, c'est un lambeau, une vision de cauchemar qui présage la forêt de cadavres de Gunther von Hagens. Les pièces d'Auzoux étaient quant à elles légères et ne coûtaient pas cher, cela permettait aux établissements de ne pas se ruiner et aux élèves d'éviter de disséquer des cadavres. Cela préservait aussi cette jeunesse de possibles empoisonnements. Fort de son succès, il ouvrit une usine dans son village natal en Normandie. Il concevait les moules, il fallait ensuite les fabriquer puis les remplir de cette fameuse "terre" de papier mâché. Il y employait les gens de son village. En chef paternaliste, il leur donnait des cours le matin pour les instruire et leur apprendre l'anatomie, et l'après-midi, à la chaîne, certains façonnaient les moules, d'autres les remplissaient, d'autres préparaient les matières. Ils fabriquaient de nombreuses pièces, étaient payés rondement. Dans son atelier, les modèles voués à l'étude devenaient, pour des raisons toujours plus pratiques et économiques, de plus en plus petits, des corps d'hommes et de femmes ne dépassant pas cinquante-cinq centimètres. Ses productions s'ouvraient à tout le vivant, végétaux, insectes, et se montraient entièrement démontables, par exemple ce ver à soie et son bombyx cotonneux. Du papillon, le thorax pouvait s'ouvrir, s'enlever comme le couvercle d'un coffre à bijoux miniature contenant les organes, qui eux pouvaient à leur tour être saisis et retirés pour permettre de mieux comprendre comment ce corps s'agence et fonctionne. (La fameuse antenne, dans la petite tête molle du lépidoptère, le minuscule compas censé le diriger, n'est pas ici représentée. Cette découverte arrive sans doute plus tard, peut-être est-elle irreprésentable, microscopique ou d'ordre chimique, peut-être même est-ce une image.) Dans son cabinet de curiosités, on trouvait toutes sortes d'animaux, des végétaux, des humains, articulés ou non, parfois des morceaux, des parties seulement, organes, cerveau, les pièces contenaient souvent beaucoup de détails, il lui arrivait de grossir certaines parties à l'usage d'une meilleure observation : branchies de poissons ou oreilles d'oiseaux, cerveau de vipère ou mâchoire de bœuf, il dénommait cela anatomie clastique, clastique pour la mise en morceaux, justement. Les pièces étaient vendues moins en France qu'à l'étranger, en Angleterre notamment où l'utilisation de modèles naturels fut, plus tôt qu'ailleurs, interdite. Un œil humain fut même envoyé au pays du Soleil-Levant. Ces émouvantes maquettes étaient utiles aux étudiants mais encore trop schématiques, ne prenant pas en compte, comme la dissection seule pouvait le faire, les singularités d'un corps à l'autre.

À l'époque où les corps étaient ouverts en public, les plus singuliers, ceux qui naissaient anormaux, étaient aussi exhibés. Squelettes, crânes, monstres, étrangetés que la nature avait conçues, qui s'étaient développées avec des anomalies, parfois minuscules, un rien, une chimie qui ne se faisait pas comme d'habitude, un petit accident dans l'environnement, et qui tant bien que mal avaient grandi, quand c'était ostensible ou que l'affaire se montrait patente, ceux-là étaient examinés justement et puis conservés comme événements, exemples, exceptions qui confirmaient la règle, pour que les familles et les petits enfants puissent à leur tour les observer, se faire peur, rire, et inventer des histoires, des légendes et des mythes, car il faut bien trouver des explications à ce qui n'a pas de sens et qui effraie ou fascine. Ce sont encore des phénomènes qu'on peut apprécier sans honte dans les cabinets de curiosités, dans les musées d'histoire naturelle et d'anatomie, sous des globes ou dans des bocaux de formol, tels que la femme à barbe, le crâne de Joseph Merrick *alias* Elephant Man par exemple, ou cette tête embaumée du premier tueur en série portugais, et puis cette main retrouvée dont l'histoire est trouble et que le directeur du musée voudrait voir éclaircie (pourquoi a-t-elle été coupée et conservée ? Est-ce la main d'un voleur, celle d'un saint ou celle d'un grand médecin ?).

Un jour, tandis que j'allais chercher du pain, un oisillon tomba de son nid juste devant moi. Il n'avait pas réussi à voler et maintenant il gisait par terre, dans son petit duvet. Que m'a-t-il pris alors de le ramasser et de l'enrouler délicatement dans un mouchoir pour le cacher dans mon sac ? De retour à la maison, je fourrai l'oisillon dans une armoire jusqu'au soir, car voilà que j'avais le projet d'empailler l'animal. Je lisais à ce moment-là les textes courts d'Hervé Guibert rassemblés sous le titre *Vice* et qui contiennent par ailleurs des photographies d'écorchés, de bustes et d'anatomies de cire justement, ou de porcelaine (un jeune homme, si je me souviens bien, qui lui ressemblait comme deux gouttes d'eau, ainsi qu'une vierge éventrée, image qui m'a longtemps suivie). L'un des textes brossait le portrait d'un taxidermiste. Je m'attachai, après avoir caché l'oisillon dans l'armoire, à prendre en note les produits nécessaires à l'opération, Guibert les énumérait dans son récit, sachant que je pourrais les trouver en pharmacie. J'avais donc ma liste mais j'oubliai l'affaire le restant de la journée, absorbée par un travail d'écriture. Le soir venu, quand j'entrai dans la chambre, une odeur forte, épaisse et grasse me donna immédiatement un haut-le-cœur. Je fonçai vers l'armoire, arrachai presque la porte et en sortis le petit animal, il avait taché la cellulose dans laquelle je l'avais enroulé d'un liquide jaunâtre et il semblait tout creux, déjà attaqué, flétri, piteux. J'ouvris en vitesse la fenêtre pour aérer la chambre et filai dehors, avec le petit cadavre dans la paume. Je le posai sur une butte de terre, creusai à côté d'un arbre et l'enterrai à la va-vite. Mon projet de fixer un oiseau mort comme vif échouait. L'odeur lourde et grasse remplissait la chambre et rien ne parvenait à la disperser. La mort avait gagné, elle était allée vite et m'avait devancée, prise que j'étais par d'autres sujets en cours, et son odeur s'accrochait, me donnant la nausée, il me fut impossible d'y dormir. Je déplaçai donc le matelas dans la cuisine, à côté de la baie vitrée. Quand j'éteignis la lampe, je distinguai les collines plus sombres que la nuit et surtout l'arbre, au pied duquel j'avais enterré l'oisillon, qui se détachait du ciel.

Les oiseaux n'étaient pas les seuls êtres que je voulais garder. Je faisais subir le même sort aux papillons morts, aux scarabées, je ne pouvais pas m'en empêcher, les fleurs si vives, je les séchais entre les pages de livres ou de cahiers en espérant toujours qu'elles ne ternissent pas. (Mais parfois leurs feuilles devenaient transparentes et c'était d'une délicatesse à pleurer. J'imaginais, pour un décor, une maison aux murs entièrement conçus de fleurs séchées aplaties, telle une serre, la lumière la traversant avec la douceur d'un calque.) Enfant, je fabriquais et entretenais, dans des contenants récupérés, de minuscules jardins. La nuit je pensais à eux, m'y baladais, je les couvais. J'écrivais des emplois du temps, parce que les heures aussi étaient effrayantes, j'avais besoin de les maîtriser, de les ranger, car je sentais sinon s'écouler leurs secondes comme du sable dans mes veines, il bouchait mes artères, pressait mon cœur, c'étaient des crises d'asthme la nuit. Le monde était un corniaud. Il effrayait autant qu'il me happait. Il me prenait au cou, me dévorait la poitrine, il fallait trouver des cachettes, le fuir définitivement, ou bien l'attraper à mon tour, en saisir quelque chose, les contours, le mettre en boîte, pouvoir le regarder avec un peu de distance, mais je n'y parvenais pas comme je l'aurais voulu, il m'échappait chaque fois, c'était une bataille. Vers dix ans, j'émis le souhait d'entrer au couvent, je ne croyais malheureusement pas à ce Dieu tout-puissant. Puis la danse classique a pris le pas, je m'y suis engagée comme une forcenée, c'était comme d'entrer dans les ordres, avec cette discipline qui permettait à la fois de s'oublier et de se dépasser, cette fois c'est elle qui n'a pas voulu de moi, j'étais bien trop fragile.

Et je repensais, alors que je regardais derrière la baie trembler les étoiles, à un professeur de danse qui nous avait demandé un jour de dessiner des parties de notre corps qu'il nommait au fur et à mesure. Une fille s'était mise à pleurer en regardant ses propres croquis. Ses hanches étaient une table. Ses jambes étaient des cannes. Sa cage thoracique une terre divisée en deux. C'est par ce même professeur que j'avais découvert cette méthode pour apprendre à "dessiner grâce à son cerveau droit", qui est également le titre d'un livre que je m'étais, suivant ses conseils, procuré. Pour commencer, j'avais passé plusieurs heures dans ma chambre à crayonner, de mémoire, le portrait de quelqu'un que j'avais connu, puis devant un miroir, mon propre visage dont je découvrais l'asymétrie et la maigreur des joues, et enfin, ma main. (Ma main aux doigts de pianiste comme je l'entendais dire, je la voyais épaisse et forte comme celles des travailleurs, des ouvriers et des agriculteurs.) Ce livre de Betty Edwards, une dessinatrice américaine, proposait différents exercices pour entraîner et aiguiser l'œil, développer le sens de l'observation et de la reproduction. Il s'agissait d'apprendre à déplacer le regard et, dès lors, le sujet, pour en tracer les contours, les masses, les contrastes, sans émettre d'*a priori*, sans interpréter, une affaire délicate, le besoin arrivant au galop de représenter ce qu'on voit selon des repères connus, de s'approprier la chose, de la faire sienne, de céder à l'émotion qui la transforme, pour en donner un dessin à peine ressemblant et dans lequel l'objet disparaît en tant que tel. C'est qu'on ne consent pas si facilement à se laisser guider. Betty Edwards renversait le rapport : l'objet devenait sujet, il fallait essayer de se laisser mener, traverser, saisir, par lui. J'aurais dû dessiner Francis, j'aurais dû lui demander de poser, de me permettre de l'étudier longtemps. (Ce n'est pas, et j'en ai bien conscience, ce que je suis justement en train de faire là, pratiquant sans cesse le pas de côté et suivant toutes sortes de digressions, pourtant il me travaille, il me tient prisonnière.)

La rencontre avec l'autre, l'altérité, puisqu'au fond ne s'agit-il pas que de cela, celle, intrusive, qui déchire en nous le connu, celle, unique, à quoi l'on prête corps (ce que Francis appelle manifestation), est rare et frappante, et ne survient que par accident (encore faut-il être prêt). Je crois bien ne l'avoir éprouvée qu'une seule fois, au théâtre. Une autre fois peut-être, enfant, avec un arbre. Mais ce sont de ces expériences un peu mystérieuses (voire honteuses) que l'on garde pour soi. Je me promenais dans une forêt quand mon regard s'arrêta sur un vieil et gros arbre, pas très haut, pas particulièrement beau, un peu tordu, mais il semblait m'appeler, alors je suis allée me coller à lui, l'entourant de mes bras, mon front contre son écorce râpeuse et moussue. Je me sentis presque immédiatement traversée par une onde, comme électrique, tel un canal vertical et fin, central en moi, et j'étais un peu de cet arbre.

Maurice Maeterlinck, ou plutôt l'un de ses personnages, avait ainsi, comme l'arbre, fait intrusion en moi, si doucement, si fortement je crois que, pour la première fois, j'ai ressenti ce qu'on appelle l'altérité. J'aimais lire cet écrivain belge symboliste et touche-à-tout, qui a écrit des pièces de théâtre, des recueils de poésies, des essais, des observations sur les fleurs, des études sur les abeilles, les termites et les fourmis. Mélancolique, hanté par la mort et curieux du monde vivant, il a nourri pendant plusieurs années mon appétit pour la poésie et les choses sensibles. Les enfants, dans les histoires de Maeterlinck, ont tous l'air de sentir et de vouloir nous prévenir, dans une poésie qui leur échappe, des forces invisibles, des mouvements puissants qui tournent autour de nous. Dans *La Mort de Tintagiles*, l'une de ses courtes pièces pour marionnettes, un petit garçon se trouve happé par la Reine qui ne sort jamais du "château malade". Sa sœur Ygraine a beau lutter, l'accompagner, le retenir, cette Reine qui n'est autre que sa grand-mère l'arrache peu à peu à la vie, Ygraine ne réussira pas à sauver son frère. La pièce fait partie d'un recueil de "trois petits drames pour marionnettes qui cherchent à écarter l'être vivant de la scène". J'ai vu la pièce en 1997 au théâtre Gérard-Philipe à Saint-Denis, dans une mise en scène de Claude Régy. Je découvrais alors cet étrange théâtre qui nous plongeait d'abord dans une obscurité totale et si longue qu'elle nous faisait un peu perdre pied, puis la lumière, lointaine et toute ténue, se faisait sur des silhouettes, la plupart du temps de profil. Régy semblait avoir trouvé le moyen d'écarter "cet être vivant" en le mettant sur le plateau, mais dans l'ombre, en annulant tout détail, toute gesticulation. Ainsi, tout comme la vie pouvait surgir dans un bout de bois, la mort semblait faire irruption dans ces corps. Il y avait, je me souviens, cette présence du seuil, ces frontières poreuses, hésitant entre l'ombre et la lumière, entre la présence et l'absence, on n'était pas sûr que Tintagiles ne soit pas plutôt en train de naître. Puis arriva l'instant où sa sœur Ygraine ne put plus, de son côté, ni l'entendre ni le sentir et, l'ayant tout à fait perdu, la comédienne lentement se tourna vers nous pour la première fois, étendit ses longs bras comme un geste d'impuissance d'abord, puis comme pour nous accueillir, nous embrasser ou se donner à nous, tout à la fois. Alors Ygraine apparut comme réellement, il me sembla voir son visage. Elle aussi nous voyait car dans le même temps l'éclairage sur nous montait. Et tandis qu'elle nous regardait, nous ouvrant grand ses bras (elle avait atteint une telle densité), la lumière vint nous creuser, comme si nous devenions, à notre tour, des silhouettes, face à elle. La lumière me fit l'effet, non pas d'un éblouissement (je me souviens parfaitement du visage de la comédienne) mais d'une percée. Quelque chose s'était manifesté en moi, et sous le choc je m'entendis répéter : "Qu'est-ce qu'on est en train de me faire... ?"

Le temps à la Maison semble suspendu, chacun perdu dans ses pensées. Le psychologue montre des petits chefs-d'œuvre que d'autres prisonniers ont réalisés, des objets fragiles et précaires fabriqués avec ce qu'ils ont trouvé à portée de main : morceaux de bois, de fer, papiers, couverts, noyaux, petits os, fils, allumettes. Par exemple, ce sabot minuscule taillé dans un noyau d'olive. On peut sinon y voir une baleine, et si on s'approche encore, en regardant bien, dedans, un début de quelque chose a été gratté à l'aide d'une aiguille dans la cavité, des petits objets, un personnage, une lanterne peut-être... Il y a aussi cette boîte : une cellule de la taille d'une maison de poupée, en tous points pareille à celles de Nanterre, avec sa fenêtre haute, son lit, sa table, et dans laquelle, en haut à gauche, une autre cellule se cache, la même mais toute petite, pièce dans la pièce.

"On nous apprend à nous protéger de la Maison, à garder nos distances, dit Mme Boll, c'est plus sain." Il y a eu des années difficiles. Mme Boll ne s'en souvient pas, elle était encore une enfant, le psychologue, oui. Il voyait entrer ici des hommes et des femmes "irrécupérables", disait-on, "des déchets humains" sans nom, parfois sans voix, habitant, c'était sûr, d'autres réalités. On s'occupait d'eux, on les soignait, on les prenait en charge comme des enfants difficiles. La Maison était, pour les employés, un monde hors du temps, fermé, imperméable, elle les happait, les aspirait, les dévorait comme une ogresse, l'extérieur n'existait plus, et quand il faisait irruption, c'était par effraction. Pour les voisins aussi c'était une affaire étrange, une confrontation difficile, l'adjoint à la vie de quartier s'en était plaint : "On oblige les habitants à se confronter à ces personnes qui sont comme nues, sans attache." C'était pour lui une situation impossible, un attentat à la pudeur.

Les hébergés, eux, se tenaient dans les jardins comme si le temps n'existait plus. On les circonscrivait là, derrière les cloisons, les façades, à l'ombre des constructions, en pleine lumière. Ils étaient maigrelets et trouvaient étrange le costume dont on les affublait. Les sabots semblaient les alourdir. Sans ça, ils se seraient peut-être envolés. On les repérait, déambulant dans les cours, les jardins, les bâtiments. Debout, assis, marchant, seuls ou par deux. Et Francis parmi eux. Ils se tenaient dans les jardins, les couloirs, contre les murs, comme ils l'auraient été n'importe où ailleurs, comme s'ils avaient oublié ou n'avaient jamais su pourquoi ils étaient là et ce qu'ils attendaient ou ce qu'on attendait d'eux, et c'est pourquoi on les avait placés ici, pour les mettre en sûreté et, par la même occasion, protéger le citoyen lambda, censé, lui, savoir pourquoi il est là et ce qu'on attend de lui, mettre un mur entre eux. Immobiles, enroulées dans les obligations journalières, ces silhouettes n'avaient plus rien du voyou, du criminel, du pochetron, du marginal ou du fou, c'était juste une bande de bonshommes et de bonnes femmes, pauvres hères dociles et pourtant raides sous le ciel pervenche. Ils avaient presque toujours le corps un peu rigide, compassé, un corps encombrant qui ne savait pas quoi faire de lui, certains passaient un cap, le laissant finalement tomber comme une charge trop lourde.

Le président Félix Faure avait inauguré la Maison en grande pompe, discours, tambours et trompettes. Il avait suivi avec M. Lépine, préfet de police, la visite minutieusement organisée pour montrer les choses sous un certain angle, et en faire comprendre le sens et la circulation. Il faut imaginer les hauts-de-forme, les redingotes, les montres au bout des chaînes, les gants. Dans son allocution, M. Dubois, président du conseil général de la Seine, avait plaint les miséreux, victimes de la société et "de son organisation sociale". Ainsi la Maison devait-elle réparer cette dette et protéger ses indigents. Les cuivres avaient accompagné les discours et les applaudissements, mais tous espéraient qu'un jour les plus démunis puissent se passer de Nanterre. La Maison faisait un peu honte. Sur les cartes du début du siècle, il est d'ailleurs plus souvent indiqué "maison de retraite" que "maison de répression".

Le président avait salué et décoré le personnel, il avait offert des costumes aux hébergés, une garde-robe entière pour qu'ils puissent se présenter dignement à un patron, aller chercher du travail, gage de réinsertion. Il avait été, pour l'anecdote, tanneur et négociant en cuir. Ainsi déguisés, ceux-là partaient donc à l'adresse indiquée, seuls soudain, désemparés, et là pourtant, il fallait bien improviser et défendre son bout de gras, bout de gras qu'ils n'avaient jamais eu, ou montrer patte blanche mais ils ne savaient pas ce que ça voulait dire.

Renata, par exemple, était muette et ne reconnaissait pas cette langue qu'on lui parlait. Mais c'était une bonne ouvrière, elle ne faisait pas d'histoires, elle s'endormait elle aussi dans le dortoir et mangeait à la cantine dans la chaleur humaine des coudes qui s'entrechoquaient, dans un uniforme trop grand ou trop petit, les joues et le nez cramoisis par la soupe, Renata, ça lui allait. Mais quand elle était sortie pour aller chercher un emploi comme on le lui avait demandé, elle s'était agitée soudain et s'était laissée faire n'importe quoi. Elle avait oublié son sac, du moins ses papiers, parce que ce sac, ce petit baise-en-ville bordeaux qui ne lui appartenait pas et qu'on lui avait prêté, pour l'occasion, tout comme l'habit qu'elle portait, pour remplir sa mission et chercher ce travail, pour se rendre honorablement au rendez-vous et faire illusion, cette micro-pochette était vide. Ce n'était qu'un accessoire de théâtre. En tout cas, il n'y avait rien dedans que les doigts de Renata qui se cognaient nerveusement d'un pauvre poc contre les parois. Elle aurait dû y trouver sa carte d'identité et deux tickets de métro pour se déplacer mais elle ne savait pas s'ils avaient été mis dedans, ou ce qu'elle en avait fait, peut-être au vestiaire s'étaient-ils trompés de pochette. Alors elle avait fini par faire des allers-retours de manière un peu compulsive à l'entrée du métro, ou bien elle s'était immobilisée soudain et avait tendu la main, elle avait passé le tourniquet sans billet en se collant à un passager, elle aurait préféré être discrète, elle s'était excusée de manière un peu agressive, et puis elle était finalement rentrée à Nanterre et s'était assise sur un banc à l'entrée pour souffler. Si un agent n'était pas venu la chercher, elle n'aurait pas bougé. Elle s'était une autre fois rendue à l'adresse indiquée et, sur place, une fois assise devant le directeur, s'était effondrée, en elle, rien ne tenait plus sauf son corps tout droit sur la chaise.

Un jour, raconte encore le psychologue, un pensionnaire a trouvé un vase de céramique rouge enfoui dans la terre. Il contenait des pièces. 1968. Il ne s'agit pas de la fameuse année mais du nombre de deniers que renfermait le pot. Un trésor. Mme Boll est assise, elle écoute les histoires comme une petite fille, oubliant un peu son poste et ses responsabilités. Ses jambes reposent, toutes blanches.

M. Guérard était resté debout avec son vase entre les mains, poursuit le psychologue, sans plus oser bouger. Il le tenait comme on porte un bébé qui vient de naître, comme on regarde pour la première fois un petit être refermé sur lui-même et qu'on vient d'ouvrir au monde, une boîte, une urne qu'on débouche d'un poc et qui exhale soudain le souvenir d'un temps ancien. Ni le vase ni l'enfant n'étaient si fragiles mais l'homme craignait de faire une bêtise, car il pouvait le laisser tomber sans le vouloir et le briser, il fallait le protéger maintenant, cela demandait une grande attention, il fallait savoir quoi faire avec, que faire de cet argent aussi, choisir où le placer ou contre quoi l'échanger. Pourtant ce trésor n'avait peut-être plus de sens, plus de valeur, sauf dans un musée. Très vite d'ailleurs, l'homme fut dépossédé de sa trouvaille et le vase expertisé, daté, estampillé à l'année 256, exposé derrière une vitrine, rejoignant une collection. C'est au musée Carnavalet que je retrouverai cette grosse bouteille de terre cuite rouge en sigillée d'Argonne, à l'embouchure cassée, comme ayant subi une décapitation, et sans plus aucune anse. J'y apprendrai que M. Guérard, hospitalisé en 1904 à la Maison de Nanterre et travaillant à des travaux de terrassement dans une des cours, aurait en réalité frappé de sa pioche la carafe qui se serait brisée, répandant les pièces dans la terre en paillettes oxydées, sédiments de rouille. L'homme au vase était resté longtemps dans le jardin avec son trésor, comme une statue. Un peu plus tard, à cent mètres de là, c'est M. Hubert qui était tombé sur un guerrier enterré avec son char.

Nanterre, poursuit le psychologue, était en effet un village gaulois appelé Metodore, *Nemeto-Duro* du celte *nemeto*, le temple, et *duro*, la place, l'enclos, la forteresse, alors on peut imaginer qu'il y avait là un sanctuaire, une construction fermée, protégée, il dit. Au sud, le mont Valérien contenait en effet une source qui était, autrefois, sacrée. Sainte Geneviève allait y faire paître ses moutons, les pèlerins y défilaient, et la ville qui se trouvait juste à côté ne portait-elle pas le nom d'une déesse de l'eau ? Suresnes... La source bouillonnait et poussait sous terre. Les hommes avaient élevé un temple autour d'elle comme on referme ses mains pour protéger une flamme. C'est ici qu'ont vécu et ont été enterrés les fameux ermites. De Paris, on aperçoit le Valérien, et l'on se dit qu'il doit être bon de s'asseoir sur cette colline et de regarder Paris. On y voit toute la ville et ses monuments, et en jetant un œil vers le nord, la Maison de Nanterre, toute grise, sur le côté, comme une sœur indigne et mal-aimée.

Une légende raconte qu'au IIIe siècle, un certain saint Maurice, martyr à la tête tranchée, aurait formé ce mont Valérien avec une poignée de terre venant d'une commune qui ne s'appelait pas encore Saint-Denis. Une autre poignée aurait servi à élever Montmartre qu'on nommait alors Mercure. C'est ici que le premier évêque de Paris aurait été lui aussi martyrisé avant d'être décapité. On dit en effet que l'évêque Denis était arrivé d'Italie pour évangéliser les païens. Il avait rencontré un tel enthousiasme que les Gaulois, se sentant menacés, l'avaient emprisonné. Le jugement avait eu lieu un jour de foire, il avait été emmené sur la place publique. Le cuivre des trompettes avait retenti, on lui avait demandé de renoncer à sa religion, mais l'évêque n'avait pas consenti à baisser la tête, il avait préféré se sacrifier. Le juge avait ordonné à un avaleur de sabres, qui montrait ses prouesses contre quelques pièces, de lui trancher la tête. La nuit qui suivit, on dit que Denis marcha six kilomètres vers le nord, portant sa tête entre ses mains, jusqu'à la maison de l'avaleur de sabres. Celui-ci ne trouvait pas le sommeil, choqué, il était à se plaindre auprès de sa femme quand l'évêque frappa à sa porte. Il lui pardonna avant de s'effondrer. Dans la nuit, ils le mirent en terre et dirent des prières, eux qui n'étaient pas chrétiens. À cet endroit, deux siècles plus tard, une basilique fut construite, les rois de France y furent inhumés. Mercure devint Montmartre, le mont des martyrs.

On attribue de nombreux miracles aux céphalophores, et c'est pourquoi ils sont l'objet de cultes. Des légendes racontent que des martyrs décapités puis jetés à la mer auraient été retrouvés, la tête et le corps réunis, un collier rose en guise de cicatrice autour du cou, ou bien que ces têtes coupées pussent encore parler, ou bien qu'à l'endroit où la tête avait été tranchée, une source jaillissait et sitôt les pèlerins affluaient. Un martyr encore décapité aurait demandé à son père d'enterrer son corps et de porter sa tête jusqu'à sa mère pour qu'elle l'embrasse une dernière fois. Les statues de saints céphalophores et leurs reliques guérissent, dit-on, des troubles psychiques et des migraines.

"Notre visite touche à sa fin." Mme Boll a hésité avant de s'arrêter, elle n'a pas reconnu tout de suite la silhouette au milieu de la cour. Francis se tient debout dans le jardin intérieur de la Maison de Nanterre. Le vase ici fut-il trouvé ? Après l'entrevue avec le psychologue, il avait pris de l'avance et nous l'avions perdu. Elle n'ose pas l'interpeller cette fois. Elle regarde sa montre, lève les yeux au ciel, sa stagiaire me lance maintenant des regards pleins de reproches. Debout, immobile, mais non pas figé, il semble être là depuis une éternité. Il en existe tant ici, des jardins, sauvages, à l'abandon. Certains, enclos par des murs, sont si étroits et sombres qu'ils jettent sur vous un froid de grande solitude. Ils s'étaient naturellement formés entre les pavillons de la Maison, sur les parcelles herbeuses que les jardiniers puis les auxiliaires avaient parfois investies et entretenues, parfois la végétation avait simplement poussé. Les plans sont ainsi faits qu'une fois sur place, comme dans un labyrinthe, il m'est impossible de les cerner, ces terrains, de m'y repérer, de les compter, de les projeter, je suis pareillement incapable de les dessiner correctement vus du dessus, et celui-ci, immense et en plein cœur de la Maison, m'échappe plus encore que les autres. On le distingue pourtant clairement sur les tracés à différentes époques, c'est le plus vaste et le plus central. La galerie qui l'encadre et lui donne des allures de cloître était ouverte jusqu'en 1931, puis pour des raisons d'isolation très certainement (le vent devait s'engouffrer, siffler de manière exagérée là-dedans, filer dans les pavillons, serpenter ensuite dans les étages), des maçons étaient venus remplir les ogives, monter des murets et poser des vitres.

Certaines illustrations que mon œil avait empochées au passage, et sur lesquelles j'avais dû rêver, m'avaient induite en erreur dans la projection que je me faisais du site et notamment de ce jardin. Aux archives, en effet, deux dessins qui avaient retenu mon attention m'avaient mise sur une mauvaise piste. Il s'agissait de deux représentations de cette fameuse cour, éditées dans L'*Illustration* de 1887, année où la Maison fut inaugurée : la première montrait la chapelle en construction, en coupe puisqu'inachevée, comme une ruine déjà, sombre et creuse, avec l'impudeur d'un corps ouvert et exposé. Sur la seconde, on pouvait voir des femmes, toutes habillées d'une même robe longue et d'un fichu sur la tête, uniforme déjà, faire la queue avec leur gamelle pour aller chercher leur repas que deux hommes distribuaient derrière une table. Les illustrations montraient chaque fois un terrain dénué de construction et fait de terre battue, c'est pourquoi je visualisais ce grand jardin central comme un vide, une béance au cœur de la Maison. En réalité (je ne comprendrai pas la première fois, il me faudra revenir, officieusement, notamment au printemps 2020), ce terrain est divisé par deux fois, tronçonné par deux pavillons qui correspondent aux anciens ateliers, aujourd'hui consultation d'endocrinologie, diabétologie et cardiologie, secteur odontologie également, le découpant ainsi en trois parties. (Il y a tant de secteurs et d'extérieurs, d'espaces en friche et d'autres aménagés que je m'y perds. Peu à peu tout de même, à force de trajets et de circulations, je réussirai étrangement à visualiser l'endroit, avec ses portes qui ne débouchent sur rien et ses jardins clos. Je serai surprise d'y arriver de mieux en mieux, comme un chemin que mes pas finiront par former.) Le premier tronçon est donc situé entre l'administration et les anciens blocs cellulaires, accueillant, autour d'une allée centrale bordée de bancs et de poubelles (étonnant, le nombre de poubelles qu'on y trouve), des pelouses, des massifs de fleurs propres et bien taillés, symétriques, et des colonnes d'arbres alternant marronniers et grands tilleuls (dont l'infusion calme). Ce jardin à la française n'accuse aucune surface plate et ratiboisée. Pourtant, je ne peux m'empêcher de me le figurer chaque fois comme à son origine, rasé et à perte de vue. Peut-être que ce désert existe encore, que certains le traversent ainsi, telle une trouée, un grand fantôme planant qui vous donne un peu le mal de mer ou l'effroi de la solitude, ou au contraire c'est qu'il manque, ou bien qu'on le devine, c'est que l'architecte a cherché à nous cacher cela, à combler ce vide. On repère encore ici et là des errants, sans savoir quel mal les a amenés. Une femme au loin, dans l'angle, nous tire la langue. Quelques-uns discutent adossés à un mur de la galerie, un autre reste seul à regarder derrière la vitre qui désormais les protège de cette chose immense qu'ils ne comprennent pas tout à fait. Ils semblent atteints d'une étrange ataraxie. Mais jamais personne ne se promène dans le jardin central. C'est pourtant là que Francis se tient. La tête légèrement penchée, on le croirait en proie à des voix venant de la terre. En réalité, il estime les distances d'un mur à l'autre. Soudain, il traverse la cour à grandes enjambées, s'arrêtant à une extrémité, puis reprenant dans une autre direction, concentré, à pas comptés, transformé en géomètre fou, en prenant soin, chaque fois, d'éviter le centre, empruntant de drôles de trajets, rasant les murs, n'osant pas aborder ce grand vide central, se contentant de le jauger, de l'analyser, de le contourner par la bordure. Peut-être qu'il craint de s'y dissoudre, de fondre, de s'enfoncer comme dans du sable mouvant. Puis il s'arrête net, la tête pareille à celle des oiseaux, piquant d'un côté, de l'autre, avec encore cette drôle d'inclinaison, le cou cassé.

Prenant la même pose que lui, observant dans l'angle et visant la diagonale, je constate que le sol paraît légèrement courbe, bombé, comme si d'ici on pouvait vérifier que la Terre est ronde. Peut-être est-ce cette impression qui donne à ce jardin une immensité de steppe. Ici, on ne peut que s'évader ou périr. Pas besoin même d'un cheval.

"Vous avez perdu quelque chose ?" demande Mme Boll. N'obtenant aucune réponse, elle émet un petit "houhou..." avec un geste de la main pour nous rappeler sa présence. Francis est déjà loin dans ses calculs. Il parle de mathématiques, d'équations et de nombre d'or. Je la vois, avec sa stagiaire, discuter, silhouettes improbables dans ce paysage hors du temps, petites décalcomanies grattées par un enfant. Je reviens vers elles.

"Votre ami cherche quelque chose ? elle me demande.

— Oui, je crois que mon ami (le terme m'étonne) cherche quelque chose, il essaie de se souvenir. Mais si vous avez du travail, je ne veux pas vous retarder.

— Vous ne me retardez pas non, c'est que... Enfin je ne peux pas vous laisser ici...

— Pourquoi ?

— Nous sommes dans un hôpital. Vous ne pouvez pas vous promener ici comme dans un square. Je veux dire... Je n'ai pas le droit de vous laisser... Vous voyez, c'est une cour..."

Une cour... Bien que le mot eût été approprié à l'architecture de l'ensemble et à son usage, cet endroit ne correspond pas à une "cour". Pourtant, la cour est un espace extérieur encadré par des murs, elle est donc ici à propos et plus encore si on se rappelle l'origine carcérale de l'établissement. Mais ça ne ressemble pas du tout à une cour de réclusion, pas non plus à une cour de récréation, souvent bétonnée comme les places publiques. Cet espace ressemble d'ailleurs encore moins à une place publique. Or, en raison de la situation et des dimensions, ce serait le lieu idéal pour se croiser, se retrouver, se rassembler, encore faudrait-il l'aménager de manière plus conviviale, y couler une chape de béton par exemple, la place publique étant principalement urbaine et asphaltée, sinon c'est une plaine, il en exista pendant longtemps au cœur des villes, comme celle du Plainpalais de Genève qui n'en porte aujourd'hui plus que le nom, recouverte qu'elle a été, pour finir, de bitume (sans doute plus propre et plus pratique que la terre). Ici, nous sommes comme à l'orée d'un champ à perte de vue, tels ceux qu'on peut voir dans le Nord de la France. D'aussi grandes places, on en rencontre à Nancy, ou mieux encore, à Sienne en Italie, le Campo, qui épouse des proportions qu'on a immédiatement envie d'embrasser par exemple, et qui nous soutiennent, qui n'ont rien de mathématique, pas de ligne droite, pas de géométrie, et qui restent pour cela un mystère. Cet espace, autour duquel la Maison de Nanterre a été construite, contient pareillement une énigme, une inconnue.

Mais les cours, comme les places publiques, la plupart du temps, traitées pour être domestiquées (le sol notamment), ne sont-elles pas vouées à accueillir l'autre justement, le peuple, le monde ? Une cour aussi, par sa nature, me semble plus proche d'une pièce de maison, du fait des murs censés la border, une pièce à nu, toit et sol ouverts, un patio (un bassin, une fontaine ou un arbre peut en occuper le centre), un endroit ouvert dans l'habitat pour profiter du plein air. La cour doit être là pour rappeler la terre, l'immensité sur laquelle les murs ont été posés, telle une synecdoque. Mais les cours, en dépit de leur sol attaqué, transformé, car elles respectent des proportions humaines et se contentent de peu, aussi, à cause de leur petite taille et de certaines contraintes liées à l'habitat, telles que les fondations des maisons par exemple, le passage de canalisations, le défilé humain, le piétinement, les jeux des enfants, qui arrachent les herbes, creusent le sol, le tassent, ne sont-elles pas malgré tout des ersatz de nature, des espaces souvent chéris, fleuris, domestiqués en de minuscules paradis apportant consolation et répit ?

On retrouve parfois ces petites oasis sous cloche sur une cheminée de grand-mère (au cœur du foyer), ne dépassant quasiment jamais les cinquante centimètres (presque aussi pratiques et émouvants que les figurines d'Auzoux), fabriqués autour d'une chaise, parfois autour d'une croix. Ma grand-mère, celle dont le mari s'est fichu un coup de carabine pour en finir, possédait ce genre de globe décoratif. Il protégeait dessous un petit monde qui portait en son centre une chaise en paille taillée pour une poupée et, juché sur le dossier de bois tendre et clair, un rouge-gorge minuscule qui ne cherchait pas à faire croire qu'il était vrai et empaillé – j'aurais pu, à l'époque, le fabriquer comme n'importe quel enfant. Autour de cette chaise montait un fouillis de fleurs artificielles et d'herbes séchées. Pour qui était installée la chaise ? Pour qui ce répit-là ? Pour la personne qui regardait, très certainement, qu'elle puisse s'imaginer, en reine, sous le dôme. Ma grand-mère a dû passer un temps infini ici, assise près du feu, les yeux perdus sous cloche. J'avais, comme elle, mes jardins minuscules.

Parfois aussi, dans la cour laissée à l'abandon, la nature peut reprendre place et devenir volubile, désordonnée, puissante. On sait combien la végétation pousse même dans des espaces improbables. Je connais une fougère particulièrement tenace qui, depuis des années, s'obstine à grandir dans le creux d'un mur, derrière des tuiles d'argile entreposées. Et je me souviens encore de la lecture de ce si émouvant petit ouvrage de Maeterlinck (encore lui) que j'avais offert à l'époque, dans l'une de ces éditions qu'on trouvait sur les quais, à mon premier amoureux, lui que je ne pouvais justement aimer que tordue, dans les recoins du temps et d'espace qu'il me laissait, c'est-à-dire à peine de quoi hisser mon corps jusqu'à ses yeux. Ainsi Maeterlinck contait ces pousses qui doivent s'entortiller sur d'autres ou se risquer dans de périlleuses acrobaties pour atteindre le rayon de soleil qui leur permettra d'éclore : *L'Intelligence des fleurs*.

Maeterlinck vivait justement avec son épouse dans un château, et rêvait d'en acheter un autre : un palais situé sur la baie des Anges, à Nice, juché sur une falaise blanche qui tombait à pic dans la mer. Il avait fini par l'obtenir aux enchères. Un jour, sa femme avait trouvé dans la terre une grosse et lourde clé qui lui rappelait celle du conte de La *Barbe bleue*. Maurice en avait écrit un livret d'opéra, dont le sous-titre était *Le Refus de la délivrance* et dont voici l'argument : Barbe-Bleue remet sept clés à Ariane, sa sixième femme, en lui interdisant l'usage de la septième. Mais derrière cette porte, Ariane entend des plaintes, alors elle se sert de la clé et découvre les prisonnières. Elle les délivre. Celles-ci refusent leur liberté, préférant rester avec leur geôlier dans le château d'Orlamonde.

Et c'est ainsi que Mme Maeterlinck baptisa la villa. Du même nom que cette prison et que la fée dans le poème[*] de *Quinze chansons*. Orlamonde, comme hors

---

[*] "Les sept filles d'Orlamonde, / Quand la fée fut morte, / Les sept filles d'Orlamonde, / Ont cherché les portes.

195

le monde, comme le Horla, un hors là au féminin, faisait face au vent solaire, à la mer et à la roche. Aujourd'hui transformée en appartements de luxe, la villa avait été construite au début du xxᵉ siècle, mais les premiers propriétaires n'avaient pas eu l'argent pour aller au bout des travaux, ils avaient donc abandonné le gros œuvre en l'état, comme un squelette sur la falaise. Il ne leur restait que la petite maquette en plâtre à contempler, et leurs yeux pour pleurer. Pendant longtemps, je n'ai eu connaissance de cette demeure que par ouï-dire et je l'imaginais dans la ville de Gand où Maeterlinck était né, dans la campagne belge, entourée de canaux rassurants, de cygnes et de lumières rasantes. En réalité elle cramait sous le soleil du Sud, bordée de colonnes, de galeries ouvertes sur la mer entre lesquelles se pavanaient des paons, des pigeons, des colombes (l'une d'elles était aveugle et accompagnait le poète partout, juchée sur son épaule ou sur son bureau d'écriture, il l'avait appelée Virginie). Pour entrer dans le domaine, il fallait passer entre de grands cyprès qui donnaient à l'ensemble un caractère dramatique. Avant que je le découvre, une amie (pour qui le cyprès était d'ailleurs le plus bel arbre, elle adorait entendre ce mot qui à son

---

Ont allumé leurs sept lampes, / Ont ouvert les tours, / Ont ouvert quatre cents salles, / Sans trouver le jour...
Arrivent aux grottes sonores, / Descendent alors ; / Et sur une porte close, / Trouvent une clef d'or.
Voient l'océan par les fentes, / Ont peur de mourir, / Et frappent à la porte close, / Sans oser l'ouvrir..." (Maurice Maeterlinck, *Quinze chansons*, 1896).

oreille devenait "si proche") m'avait expliqué que chaque pièce portait un titre et une couleur choisie. Et pendant longtemps, "la chambre bleue", "le salon violet" et "le petit salon blanc" me firent rêver. Sur ceux qu'on aime, avant de savoir qu'on se méprend, on projette de notre œilleton à nous ce qu'on désire y voir, alors j'imaginais des pièces modestes, couvertes de peintures mates sur lesquelles la lumière du jour s'accrochait, donnant de la matière aux couleurs, des chambres à ma mesure sans doute, pas très grandes et convoquant des atmosphères poétiques, mélancoliques, produisant de l'imaginaire, mais les salles, quand plus tard je les ai visitées, étaient spacieuses voire monumentales, luxuriantes et théâtrales, on le voyait, lui, sur des photographies encadrées, posant, grand bonhomme, vieux et bedonnant, en compagnie de sa toute jeune femme qu'il regardait du haut de son mètre quatre-vingt-douze... Un mausolée. On dit qu'enfermée à Orlamonde, son épouse n'était plus que l'ombre d'elle-même, la malheureuse, un personnage pour petit drame, un fantoche derrière une vitre, face à la grande nuit...

"Que pouvons-nous faire ?" demande Mme Boll, un peu désemparée et en manière de presser l'affaire. Francis, avec ses pieds, est toujours en train de mesurer. Mme Boll guette de loin cet étrange zig en train de se parler à lui-même en traversant et retraversant à grands pas comptés le jardin, traçant des droites imaginaires pour éprouver les dimensions, les courbes et les angles, peut-être aussi pour les retrouver plus tard, dans ses après-midis à la RATP, face à son écran, perdu dans les plans de la Maison, évaluant l'échelle, cherchant à se renseigner, prenant les cotes, comparant avec ses chiffres à lui. Peut-être tente-t-il d'en déduire un ordre. Il calcule quelque chose visiblement, mais quand, dans son bureau, il commencera à réfléchir à une logique, il aura beau tourner et retourner les chiffres dans tous les sens, dessiner, transposer, il ne trouvera rien, tout tombera à l'eau, se plaindra-t-il avec sa voix en creux soudain aiguë dans sa gorge serrée, "Tout tombe à l'eau, répétera-t-il, tout", avec, en lui, cette glissade inattendue qui préfigure la noyade. Et de nouveau cette place italienne, rêvée, et que n'importe quel touriste ressent comme parfaite, organique, remontera à la surface.

Mme Boll soupire, regarde à nouveau sa montre.

"Et ça, qu'est-ce que c'est ?"

Francis vient de s'arrêter net, ayant pris du recul, c'est comme s'il voyait à présent ce qu'il avait cherché. Il se tient debout face aux restes sombres et austères d'un bâtiment à étages semblant sorti de nulle part, en briques noires, avec des fenêtres à meneaux de bois, étroites comme des meurtrières, éteintes, oubliées. Une partie de cette façade manque, sans doute a-t-elle été démolie. Francis se gratte la tête devant cette tour carrée. Mme Boll semble la découvrir, interloquée, elle reste perplexe un instant puis évoque la fameuse chapelle, la *cappella* qui fut en partie construite, "car autrefois, explique Mme Boll, tous les dimanches, ici, il y avait des messes". Un prêtre se tenait sur un promontoire (les premières pierres d'un temple, ou les dernières d'une ruine) pour dire l'office aux prisonniers. Les hommes d'un côté, les femmes de l'autre, les détenus dans leur cellule recevaient ces chants et ces prières. Parfois, ils ânonnaient, fredonnaient, ou écoutaient d'une oreille distraite, même pour ceux qui n'avaient pas de dieu ces mélodies du dimanche donnaient une douceur à l'instant, rassuraient comme les berceuses des mamans. Mais cela ravivait aussi les vieilles blessures, et certains s'épanchaient, craquaient, devenaient soudain inconsolables.

Mais pour ce qui est de cette ruine noire, face à laquelle Francis se tient à présent, Mme Boll finit par avouer qu'elle n'est pas certaine de ce qu'elle avance et qu'il faudrait vérifier. Encore une inconnue que je ne pourrai pas résoudre, pensé-je, même avec d'anciennes représentations ou en superposant les plans, ne reconnaissant pas grand-chose une fois sur place. Ce reste de construction, ce souvenir semble s'échapper ou appartenir à une autre histoire. J'émets cependant l'hypothèse, en observant les fenêtres, qu'il peut aussi s'agir d'un reste de bâtiment de la communauté religieuse. Puis je repense aux blocs cellulaires qui, si mon sens de l'orientation est bon, ce qui n'est pas certain, devaient se trouver de l'autre côté, peut-être était-ce un prolongement de la prison. Mme Boll agite la tête, ne sait pas m'aider et cherche maintenant à nous remettre en marche, me regardant de manière insistante pour que Francis nous emboîte le pas. Mais il ne bouge pas. Les mains sur les hanches, il contemple ce reste de boîte noire.

Alors me revient une autre quête comme liée à cette histoire : j'avais vingt-deux ans, je venais d'arriver à Paris et m'étais trouvé un petit emploi de gardienne de nuit dans un hôtel. Mon collègue, qui s'occupait du jour, m'avait fait l'étrange récit du départ inattendu d'une de ses amies pour un couvent du Sud de l'Espagne. La fille, la vingtaine festive, pleine de projets et de vitalité, avait annoncé, lors d'une soirée, sa retraite et son engagement dans les ordres. Elle voulait vivre recluse, ne plus parler que pour prononcer des prières. Devant nous, dans les salons de l'hôtel, se déroulait justement une sorte de fête, un événement dont j'ai aujourd'hui oublié le sujet, et j'avais l'impression que ce qu'il me racontait allait se produire sous nos yeux, j'imaginais que la jeune fille allait faire sa déclaration, dans un halo doré telle une sainte, laissant ses amis perplexes. Combien de fois ai-je imaginé cette scène, et il est faux d'écrire que je la projetais, elle, telle une sainte dans un halo doré, ça c'est pour le folklore et parce que ça me rappelle les images pieuses que je collectionnais gamine. Elle n'était certainement pas enveloppée dans des draps blancs mais plus sûrement dans du jean, et s'il est vrai que son annonce semblait, pour son entourage, inattendue, pour elle tout était en marche depuis longtemps déjà, cette décision répondait sans doute à une nécessité qu'elle avait dû dissimuler et qu'enfin, peut-être à la suite de longues réflexions et inquiétudes, elle osait avouer, faire éclater au grand jour. Toute la nuit j'y avais songé et, dans les semaines qui avaient suivi, cette histoire ne m'avait plus quittée. Il fallait que je rencontre cette fille, que je comprenne d'où lui venait ce désir, pourquoi elle l'avait camouflé, comment elle s'était arrangée avec ce secret. Mon collègue était ensuite parti en vacances et je ne l'avais plus revu. J'avais cherché à le joindre depuis l'hôtel, j'avais son numéro mais il ne décrochait jamais et ne rappelait pas. Je lui avais écrit pour m'expliquer plus longuement, je ne sais même plus quels arguments je lui avais présentés, quels prétextes, mon obsession tournait à l'exagération, j'avais honte, il ne répondait pas, il avait disparu ! Dans ma chambre, j'avais affiché une carte du pays, l'Andalousie était piquée d'épingles. Après quelques recherches, j'avais trouvé six couvents qui pouvaient correspondre, j'avais envoyé des lettres mais n'avais reçu pour toute réponse qu'un seul et bref message d'excuses : *"La persona que busca no está aquí. Lo siento."* Ma pauvre enquête avait vite tourné court. Je m'étais pour finir rendue dans l'un de ces monastères de bénédictines qui accueillaient des voyageurs, mais incapable de lancer une conversation, les nonnes n'échangeaient de toute façon pas entre elles et encore moins avec les hôtes, je m'étais contentée de scruter leurs allées et venues, et de sécher au soleil sans rien trouver d'autre qu'un motif pour une pièce de théâtre.

Était-ce l'ennui qui me poussait à rencontrer ces personnages, ou était-ce dû au fait qu'il s'agissait là de personnages, justement ? Indéniablement romanesques ? Ou bien des altérités déstabilisantes comme on me le laisse entendre ? Certes. Mais ce serait un peu mentir si je n'avouais pas, à mon tour, que ces altérités m'étaient au contraire étrangement familières. Car comme disait le père de Francis, "Moi aussi", je pouvais dire que tout m'arrivait, enfant, avec brutalité, le monde me pénétrait, faisait intrusion en moi, comme ignorant les bords, et tout était trop bruyant, trop coloré, trop fort, cela me terrorisait, me faisait crier, me précipitait dans les angles pour me protéger. J'étais née violette, disait ma mère, bleue, en colère, je devais à tout prix me replier, me fabriquer une armure, j'utilisais des coffres, des cadenas, planquais tout dans des mallettes, des petites valises verrouillées, cahiers, lettres, amis invisibles auxquels je croyais, c'était ma garde (ces deux personnages leur ressemblent d'ailleurs et j'en viens à me demander si je n'ai pas tout inventé pour me trouver des alliés, parce qu'il m'est impossible d'aborder ce sujet à la première personne, eux, je peux les faire parler). Un jour, à la bibliothèque, je devais avoir neuf ans, je tombai sur ce titre : *Si on me touche, je n'existe plus*, j'attrapai le livre, c'était moi dont il s'agissait, c'était exactement ce que je ressentais sans pouvoir l'énoncer, cette incapacité à être face aux autres sans qu'ils m'envahissent et que je disparaisse aussitôt (qu'ils parlent ou non, leur regard suffisait). En couverture, une photo donnait à voir une jeune personne diaphane, sans contour, transparente comme un fantôme.

En grandissant, je m'arrangeais comme je pouvais, je faisais autant d'efforts pour m'adapter, pour fortifier ma peau, l'endurcir, mais j'évitais parfois le contact, c'était trop éprouvant.

"C'est le bloc 45 !" Francis me regarde, revient à nouveau vers la façade, secouant ses jambes comme pour se libérer d'une impatience, et désignant l'endroit, il s'exclame : "C'était le bloc 45 !"

La stagiaire se mord la lèvre. Mme Boll reste sceptique, elle n'a jamais entendu parler de ce bloc. Pour ma part, je n'en ai jusqu'ici trouvé aucune trace sur les plans mais cela peut correspondre, comme je l'ai envisagé, à une continuité de la prison. Étonnée par cette déclaration, je ne sais que penser, je me souviens vaguement avoir lu quelque chose à propos de sa destruction.

Quelque temps après, comme pour attester son existence, ce lieu et la vie qu'il contenait allaient m'éclater au visage. À l'approche de l'hiver 2021, je reçus un mail de Francis avec des liens vers des archives de l'INA. Je cliquai sur les vidéos les unes après les autres jusqu'à cette scène insolite s'ouvrant sur un repas au fameux bloc 45. Dans un couloir, de chaque côté duquel se multipliaient les mêmes cellules aux portes métalliques, surmonté de deux étages de coursives desservant encore d'autres cellules, un petit groupe d'une trentaine de convives, peut-être une cinquantaine, hommes et femmes ensemble réunis autour d'une longue table dressée là de manière provisoire, profitait d'un repas aux airs d'allégresse. Ce n'était pas le mess des campagnes, mais étaient rassemblés ici des êtres si différents, frustes et sans aucune éducation, bien heureux de se retrouver là, comme en famille, une fête de mariage presque, quand on fait honneur à l'exceptionnel, avec cette joie dans les gestes. La pellicule était en noir et blanc, et la scène filmée parfois du haut d'une coursive, parfois très proche des visages jusqu'à les frôler, et dans ce cadre austère, des nuances et des brillances grouillaient ici-bas, dans les objets, carafes, assiettes, verres et couverts, et dans le mouvement de tout ce qui était liquide, yeux, bouches, dents, vin et eau, sueur, tout ce qui accrochait la lumière, même de manière fugace, les tissus comme soudain des costumes précieux de théâtre. Ce festin, cette fête d'un jour, revêtait là un caractère presque irréel.

Ainsi ce bloc, que j'avais cru un temps imaginaire, avait-il bel et bien existé. Francis avait enfin retrouvé, comme ce drôle d'objet que le psychologue nous avait montré, cette petite cellule fabriquée par un hébergé dans laquelle se cachait un autre espace fermé, hermétique, protecteur, avec ses propres règles, un petit corps dans un corps, une cellule dans la cellule, l'endroit où il avait pu, un temps, se réfugier. C'était donc ici que s'était déroulée pour lui la féerie, ici qu'il avait trouvé le repli, le répit qui lui manquait.

Une lucarne s'était ouverte, j'étais entrée dans sa prison.

J'y avais assisté à un festin, des libations, et j'en ramenais un éclat, des secrets, des choses qui ne se transmettent pas par la parole, et cette joie. J'en gardais le souvenir d'une expérience inestimable, je n'avais pas été envahie, je n'avais pas disparu, j'avais accueilli, c'était une visite, une rencontre, un face-à-face, comme cette rivière qui à un moment donné en contient deux.

Je les voyais maintenant, mes deux messagers, elle, la nonne et lui, le prisonnier, me désigner pour que j'écrive à mon tour mon histoire d'enfermement. C'était en réalité une histoire d'ouverture.

Un double fond venait de crever. Je comprenais que je ne tenais pas réellement à être enfermée comme j'avais pu le croire, ça c'était l'histoire de Francis, j'avais pour ma part cherché, sans le savoir, cette lucarne qui pouvait me mener au refuge, cette fente dans laquelle je pouvais moi aussi me glisser, il me suffisait de trouver, d'ouvrir une boîte dans la boîte, une petite pièce dans la grande, pas une cage, pas une prison, un retranchement.

Cette aventure m'avait ouvert les yeux sur la possibilité d'un abri d'où je pourrais enfin regarder avec un peu de distance, recevoir sans disparaître, respirer sans asthme.

Je me demandais si mon répit ne se trouvait pas dans l'écriture, si la lucarne n'était pas l'écriture même.

"Un miracle !" explose Francis. Il s'était passionné à une époque pour la musique et les nombres premiers. "L'harmonie est un miracle !" À la Renaissance, m'avait-il expliqué dans la cafétéria de la RATP lors de notre premier rendez-vous, les peintres utilisaient la divine proportion, la juste mesure, pour représenter les choses dans leur perfection, pour donner à voir la beauté absolue, pour percer le monde comme ils avaient percé la toile avec la perspective. Cette équation devait expliquer le grand tout, révéler la vérité, l'ordre secret des choses. Ce nombre d'or, d'une valeur d'environ 1,618, correspondait à un certain écart entre deux grandeurs, créant une harmonie considérée comme parfaite. "Comme le cœur d'un tournesol !" s'était-il exclamé. Il suffisait de regarder dans la nature, "ou le cul d'une pomme de pin !", pour retrouver cette harmonie. C'est un nombre, une formule qui ordonne la croissance de certaines plantes, et qu'on retrouverait également dans l'ADN d'une cellule. Cette proportion a longtemps questionné et inspiré les peintres, les musiciens et les architectes. Léonard de Vinci, bien qu'ayant illustré le premier ouvrage traitant de la proportion divine en 1509, et dessiné, en utilisant ce rapport, le célèbre *Homme de Vitruve*, considéré comme parfait parce qu'en divisant la distance entre ses pieds et son nombril par la distance entre sa tête et son nombril, on obtient précisément 1,618, préféra, pour finir, peindre en observant la nature plutôt que des formules mathématiques. Aujourd'hui, tant d'autres structures tout aussi complexes restent à écrire, à décortiquer et à découvrir, le nombre d'or attendrit les mathématiciens comme s'il s'agissait d'un doudou. Pourtant, il fait encore rêver les artistes, les architectes et les mystiques qui se creusent la tête pour comprendre son mystère. Pendant quelques années, Francis fut obsédé, lui, par les nombres premiers.

"On dirait qu'ils apparaissent comme ça, de manière aléatoire, désordonnés, sans logique. En réalité, leur suite s'accorde, mais impossible d'en saisir une formule !"

J'ai tout de même eu du mal à comprendre ce qu'étaient les nombres premiers. J'ai interrogé des amis scientifiques, mais je crois n'avoir toujours pas clairement saisi l'attrait qu'exercent : 2, 3, 5, 7, 11, 13... la liste est interminable, de ces nombres divisibles uniquement par 1 et par eux-mêmes, contrairement à 4 par exemple qui est divisible par 1, par 4, mais aussi par 2. Ce sont des nombres clos sur eux-mêmes, on ne peut pas les dénombrer, et dans leur contour fini, cependant, ils semblent infinis. Francis a cherché des liens entre eux et la musique. Un jour, le saxophoniste John Coltrane a dessiné un cercle dans lequel il a relié et orchestré différentes informations musicales, comme des gammes de notes. Il pensait que le jazz, comme le cosmos, était composé de symétries qui parfois se brisaient de manière imprévue, faisant

jaillir d'autres formes de nouvelles symétries. Cela intéressait beaucoup Francis. Avec son ordinateur, à l'époque, et grâce à un programme qu'il avait téléchargé et
qui pouvait reproduire des notes de piano, il avait essayé
de composer à partir de formules mathématiques et de
nombres premiers, en attribuant à chaque élément de
l'équation une note, un accord. Il n'avait rien obtenu
de concluant, des phrasés chaotiques qui lui donnaient
mal à la tête. Alors il s'était acheté un clavier qu'il avait
relié à son ordinateur pour procéder différemment : il
tentait cette fois de reproduire des formules mathématiques, en musique, et des écarts, en tons. Il calculait,
effectuait des enregistrements, fonctionnait par analo-
gies, transferts, synesthésies, en essayant pour finir de
retrouver par la mélodie, le mouvement d'une équation
ou d'une suite. Là, c'était devenu plus tangible, mais la
méthode ne le satisfaisait pas du tout. Plus tard, il avait
assisté à la conférence d'une mathématicienne sur le
sujet. Cette mathématicienne définissait sa matière comme un moyen d'analyser des structures. Elle ne pensait
pas qu'il existât de lien entre la musique et les mathématiques, sinon qu'elles étaient des signes et des langages que le cerveau recevait et interprétait. Un vieux
monsieur s'était levé pour exprimer son désaccord, puis
plus tard encore, il avait levé le doigt pour dire que les
mathématiques étaient le langage entre l'homme et la
nature, et la mathématicienne l'avait regardé en répondant que c'était beau, sans y croire vraiment. Puis elle
avait pensé qu'il faudrait peut-être, à ce moment-là,
définir le terme de "nature".

Ce sont des obsessions, disait Francis dans la cafétéria de la RATP, les chiffres, les formules, ce sont des prétextes, des détours, utilisés comme un cadre qui enserre et contraint et par lequel on croit pouvoir dévoiler, grâce à ce langage codé, un secret, on espère, une vérité. Beaucoup de musiciens et d'architectes se sont servis des mathématiques et de la symétrie pour composer et projeter. Mais ce sont des sphères différentes, ajoutait Francis. Pour lui, le monde était composé de sphères, et il y en avait sans doute un nombre infini.

Les mathématiques, disait encore la conférencière, étaient des langues qui établissaient des structures, et parfois, plus elles s'éloignaient du réel, plus elles progressaient dans leur propre langue, leur propre logique, leur propre sphère, plus il était probable qu'elles débouchent sur des vérités nouvelles, des trouvailles, quelque chose qui tienne, en soi. Certaines formules trouvaient, des années plus tard, une illustration dans la physique, la biologie ou le vivant, dans une autre sphère, alors la formule s'incarnait dans la vie réelle. Avant cela, elle n'était que signe, présage.

"Cette matière est faite de règles et de lois mais étrangement, le non-respect des règles et des lois est parfois essentiel pour la faire évoluer." Francis avait recopié cela sur un morceau de papier et parfois il se prenait à relire cette phrase : *"Cette matière est faite de règles et de lois mais étrangement, le non-respect des règles et des lois est essentiel pour la faire évoluer."* C'était un danger certain, mais passer par d'autres circuits, tout en restant conscient de la bifurcation et des défauts que cela comprenait, devait pouvoir permettre d'avancer quand une logique, une certaine cohérence rencontraient leur limite. C'était sans doute une façon de rechercher l'accident heureux. Tout ça le ramenait aux sphères. On pouvait voyager de l'une à l'autre, les unes apportaient sans doute aux autres, elles cohabitaient, parfois se calquaient, il y avait peut-être des souterrains, des nœuds, des chemins secrets pour passer de l'une à l'autre, des ponts, des connexions, mais leurs langages et leurs systèmes n'étaient pas tout à fait les mêmes.

La musique, on baigne dedans, avant de naître déjà, disait Francis qui entendait encore son *Concerto pour deux trompettes*, on nous en transmet, très jeunes, les codes et les règles, cela fait partie de la culture. On reconnaît donc la musique. Les mathématiques, c'est une matière mystérieuse qu'on apprend plus tard, à l'école, elles n'ont de nature que des chiffres, des tracés anonymes et abstraits, sauf pour cette mathématicienne qui parle leur langue et la manie, se l'approprie comme une chose que les mains peuvent toucher et contenir, la faisant évoluer en elle de manière concrète et palpable. Elle perçoit, elle, les chiffres et les formules, en formes, en masses, en mouvements, et une équation peut lui procurer beaucoup d'émotion... Et Francis comprit alors qu'il avait fait une erreur de diagnostic.

Fort de ses expériences mathématico-musicales, il comprit que l'harmonie, tout comme la beauté, si elle répondait à certaines règles, restait cependant subjective, culturelle, elle parvenait quand l'oreille qui l'écoutait avait des repères, quand elle en reconnaissait quelque chose. C'était une forme d'entente. Il en déduisait qu'il en était sûrement de même pour les relations humaines, que pour entrer en contact les uns avec les autres, il fallait des repères, des références communes. Ces traces nous reliaient et formaient des réseaux complexes et infinis.

Du haut d'un pont, il observait ce trafic et cette circulation, toujours surpris que les connexions puissent se faire, et je l'entends encore s'écrier : "C'est un miracle !"

Je n'ai aucune nouvelle de lui depuis des mois. La dernière fois que je l'ai vu, c'était à la Maison de Nanterre lors de cette visite avec Mme Boll. Francis était déçu, trop de bâtiments étaient fermés et inaccessibles au public. Le site commençait à s'effriter. Il trottait dans les couloirs, il ne semblait pas choqué par la vétusté des locaux, certains plafonds s'effondraient, les peintures s'écaillaient, des traces sombres tachaient le sol, des vitres étaient cassées. Il s'émerveillait de retrouver les cuves, parfois ne reconnaissait rien, les jardins étaient à l'état sauvage, le bloc 45 n'existait plus mais en avoir retrouvé l'empreinte l'avait comme ressourcé. Il m'avait rattrapée dans le métro pour me montrer la photo jaunie de son arrière-grand-père. Après cela, nous avions eu quelques échanges téléphoniques et puis plus rien. Le monde avait changé. Nous étions entre deux confinements, ceux qui ponctuaient les années 2020, 2021, tandis que le SARSCOV2 se propageait. Francis m'avait raconté qu'il restait chez lui, comme la plupart, pour télétravailler. La grande tour de la RATP restait fermée. Ses missions étaient maigres et ses journées longues, "je suis en sommeil", il disait. Au début, ça ne lui déplaisait pas de rester ainsi confiné, lui qui était souvent fatigué. La maison, achetée quand il était encore jeune homme, se trouvait dans une impasse. D'un côté s'étendait le cimetière de Saint-Ouen, de l'autre les usines, les mêmes paysages à quelques détails près d'une banlieue à l'autre. Mais, à l'intérieur, un amoncellement anarchique de meubles, de piles de papiers, de choses informes recouvertes d'une pellicule poussiéreuse, comme l'air épais qui ne circulait plus, les années s'étaient déposées en sédiments gras et jaunes, cela devenait une folie épuisante pour lui. Les voisins se plaignaient des poubelles qui s'entassaient dans la cour. Ils craignaient le débordement, l'odeur et les rats, redoutaient la contamination.

"Ici, c'est vrai que je n'ai fait qu'entasser", il disait, "alors on dit les Diogène, ah les Diogène... Notre langage est fermé, verrouillé."

Il détestait ce terme donné en raccourci, comme celui d'Asperger. Il s'était tout de même renseigné, il avait lu l'histoire de ce philosophe et me l'avait rapportée. Diogène avait vécu dans la Grèce antique. Il mendiait dans les rues d'Athènes, le corps recouvert uniquement d'un manteau. Son père avait été emprisonné pour avoir fabriqué de la fausse monnaie, et le fils s'était enfui. Il avait trouvé une grande jarre à grains pour y dormir, tel un personnage de Jérôme Bosch dans une coquille d'œuf. Il était surnommé "le chien". Il ne se lavait pas, se masturbait en public. En plein jour, il braquait sa lanterne sur le visage des passants : "Je cherche l'homme", il disait. Il rafraîchissait les têtes avec ses questions, bousculait l'ordre établi, il était jalousé pour sa liberté tout autant que craint. Alexandre le Grand, rencontrant le phénomène, aurait voulu être lui. Il était mort très vieux de la morsure d'un chien, ou d'une fièvre. Lui qui voulait que son corps soit jeté à la voirie fut finalement enterré comme un roi.

La maison de Francis était donc sale et envahie par des tas d'objets hétéroclites, du matériel défectueux, des cartons, des piles de feuilles, des livres, des fascicules, ce qui réduisait considérablement son espace de vie, le ramenant à son lit, et n'était pas pratique en cette période, d'autant plus qu'il souffrait d'une lombalgie. Rien ne lui permettant de se tenir assis le dos droit, il se déformait. Un médecin lui avait conseillé de pratiquer un sport, de se muscler, de faire du gainage, Francis en était resté perplexe. Parfois, il s'installait sur ce qui lui tenait lieu de chaise : un frigidaire renversé pour assise et un micro-ondes pour dossier. La table, depuis 1997, année où son frère avait changé les fenêtres, était entièrement recouverte de vieux journaux posés là pour protéger, à l'époque, le mobilier pendant les travaux. Rien n'avait bougé. Il était mal installé, m'avait-il dit, sans chauffage et sans eau, les canalisations étant hors d'usage. Il se souvenait que l'électricité fonctionnait encore. Mais la maison était vétuste. Tout ce qu'ordinairement on mettait en place dans un habitat pour vivre convenablement, et qui requérait une participation, un investissement qui nous reliaient également les uns aux autres, les conventions sociales que Diogène rejetait, provoquait chez lui une telle anxiété qu'il était dans l'incapacité d'y faire face.

Au bout d'un moment, avec ce confinement, il s'était passé quelque chose de nouveau. Lorsqu'il traversait le parking derrière le Franprix à côté de sa maison, il avait remarqué des femmes qui récupéraient de quoi manger dans les poubelles... Lui, pour qui acheter un aliment dans un magasin était extrêmement périlleux voire impossible, ne pouvant pas se résoudre à un choix (et c'était de pire en pire avec la grande distribution, il pouvait rester transi devant des kilomètres de jambon), de croiser ces filles dans les poubelles avec de la nourriture au bout des mains, ça l'avait interpellé (ça lui rappelait aussi les *girls* de la Manson Family). Il avait décidé de profiter de ses heures de sortie pour en faire autant. Il récupérait donc dans les conteneurs la nourriture jetée, prenait ainsi tout ce qu'il trouvait, pas besoin de sélectionner, de réfléchir, pas besoin de s'arrêter sur quelque chose. Il en tirait un certain réconfort et une satisfaction, disait-il, lui qui en plus détestait le gaspillage. Une voisine l'avait repéré et lui avait fait rencontrer une communauté de migrants à quelques pas de chez lui. Il leur apportait des vivres trois fois par semaine. Un autre voisin était intéressé par l'affaire, Francis partageait en distribuant ce qu'il collectait. Mais ce confinement restait compliqué, notamment la nuit. Il devait se réorganiser pour aller dormir au commissariat. En général, il s'y rendait le dimanche soir puis prenait un RER directement jusqu'à son travail le lendemain, et ainsi toute la semaine, ne rentrant chez lui que le samedi. Il devait donc, tant que les bureaux n'étaient pas ouverts, faire le trajet tous les jours jusqu'à Saint-Denis, avec son sac de couchage, aux environs de 21 heures (en fonction du couvre-feu), et revenir le lendemain aux aurores chez lui (toujours en fonction du couvre-feu). Ces horaires imposés donnaient malgré tout un cadre à ses journées. Le commissariat avait récemment été déplacé, l'ancien était vétuste, Francis préférait ce bâtiment neuf car à la place où il dormait, il se sentait plus visible, c'était important pour lui. Dans l'autre structure, l'entrée du tout-venant se trouvait comme presque toujours sur la façade principale, tandis que celle du personnel était derrière. À présent, les professionnels comme les visiteurs utilisaient cette même porte près de laquelle il avait élu domicile. Tout le monde le connaissait, depuis le temps, l'équipe n'avait pas changé, ils étaient peut-être un peu plus nombreux, disait-il, du moins leur présence était manifeste, mais il ne savait jamais qui était qui, il n'était pas très physionomiste. Il se sentait rassuré ici, protégé. Un préau le préservait en partie des intempéries mais, en cas de grosses averses, il avait beau récurer les rigoles, il prenait l'eau à cause du manque de pente au sol. Parfois aussi, au milieu de la nuit, une déflagration lourde comme un corps qui chute le réveillait. Il connaissait bien ces sursauts-là. Il ouvrait les yeux. Devant lui, il y avait les HLM dans la lumière des réverbères, la route déserte, et derrière, il le touchait des reins, y collait ses flancs pour sentir sa grande main protectrice, le commissariat, allumé, dans la molle activité de la nuit. Il dormait ici comme autrefois les malades contre les murs du sanctuaire d'Asclépios, il incubait.

Il s'était mis à penser à la retraite, il la redoutait. "Alors s'il n'y a pas de solution pour moi, je tue quelqu'un", il m'avait dit.

(La nuit, j'avais rêvé de lui, il était nu sous un manteau, il me plantait un couteau dans la gorge, "comme dans du beurre", il disait. Je me réveillai.)

Depuis, plus de nouvelles.

Un soir, je me décide à aller voir sur place, j'ai besoin de vérifier. Je prends le tram 1 pour Saint-Denis et, en suivant les pointillés bleus du GPS, je marche jusqu'au commissariat. Il semble en effet récent, avec son architecture en pointe et son revêtement doré. Je reste sur le trottoir d'en face, debout sous mon parapluie. J'observe. C'est tel qu'il me l'a décrit, l'auvent, les portes coulissantes, sur le côté les fenêtres, le drapeau est hissé, j'aperçois le hall éclairé et vide. Il est là, debout, sa silhouette, je la reconnais. Il frotte ses mains l'une contre l'autre, puis sur son pantalon. Il marche le long de la façade, passe devant les portes qui s'ouvrent, se dirige vers un bagage posé au sol. Il s'assoit, enlève l'une après l'autre ses chaussures, soulève ce qui semble être un sac de couchage, et les pose dessous, aux pieds. Il ramène vers lui ses affaires, les amasse pour former un oreiller, se glisse dans le duvet, s'allonge, remonte la fermeture éclair jusqu'en haut. L'endroit est désert. Il pleut. C'est l'automne. Les rues sont vides. La lumière orange des lampadaires bave et brille sur la chaussée. Je reste un moment. Francis est bien là. Il bouge. Il se retourne lentement contre le mur. Quelque chose se décolle de moi. Je ne vois plus qu'une forme sombre, comme une grosse chrysalide. Je la regarde. J'ai les pieds trempés. La pluie me lave. J'ai envie de rentrer maintenant.

REMERCIEMENTS DE L'AUTEURE

Un grand merci à Francis pour sa confiance.

Et à Anne-Sarah Kertudo pour m'avoir fait rencontrer Francis.

Merci à la Région Île-de-France et à la Cie Jetzt, à l'équipe de la Maison des écritures de Lombez et du Bouy d'en Haut.

Merci à Catherine Le Gall, Marion Aubert, à Mathieu Simonet, amis et premiers lecteurs.

Un grand merci à Mathieu Larnaudie pour son accompagnement précieux et à Claro pour avoir cru en ce livre.

Merci à la Société d'histoire de Nanterre.

Et à Olivier Galinou pour avoir incarné Francis dans la forme théâtrale *Bloc 45, témoignage.*

OUVRAGE RÉALISÉ
PAR L'ATELIER GRAPHIQUE ACTES SUD
REPRODUIT ET ACHEVÉ D'IMPRIMER
EN DÉCEMBRE 2024
PAR NORMANDIE ROTO IMPRESSION S.A.S.
À LONRAI
POUR LE COMPTE DES ÉDITIONS
ACTES SUD
LE MÉJAN
PLACE NINA-BERBEROVA
13200 ARLES

DÉPÔT LÉGAL
1re ÉDITION : FÉVRIER 2025
N° impr. : 2405012
(Imprimé en France)